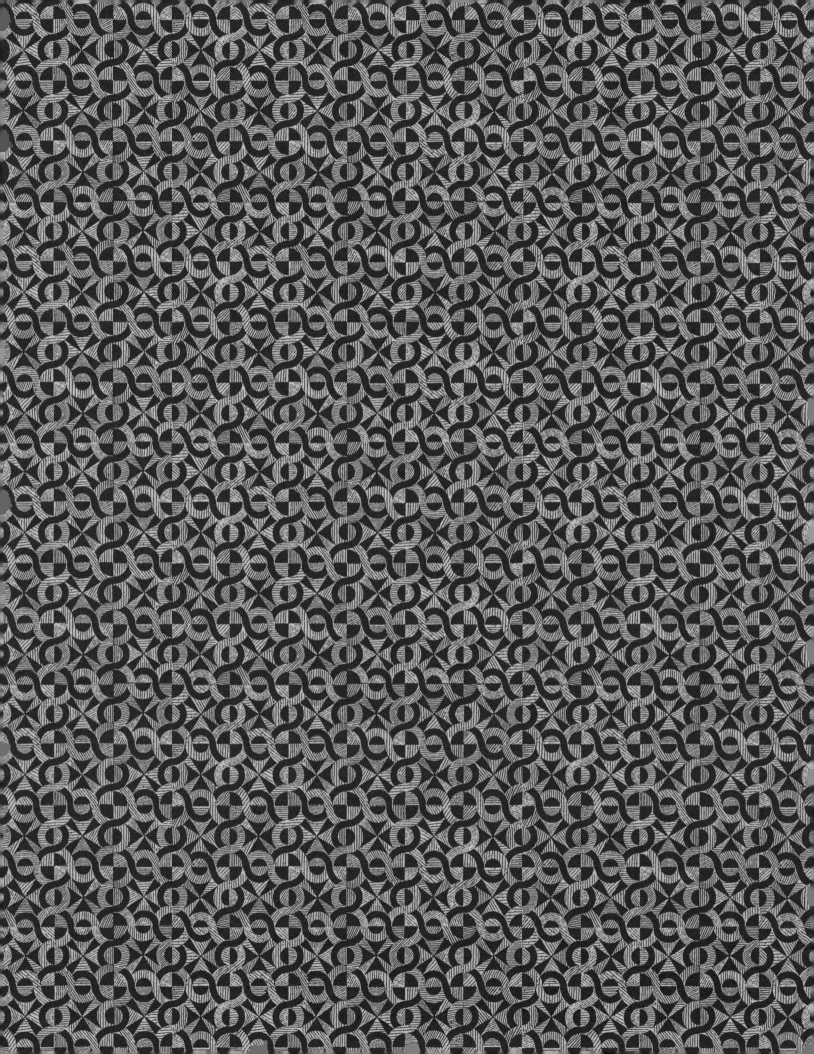

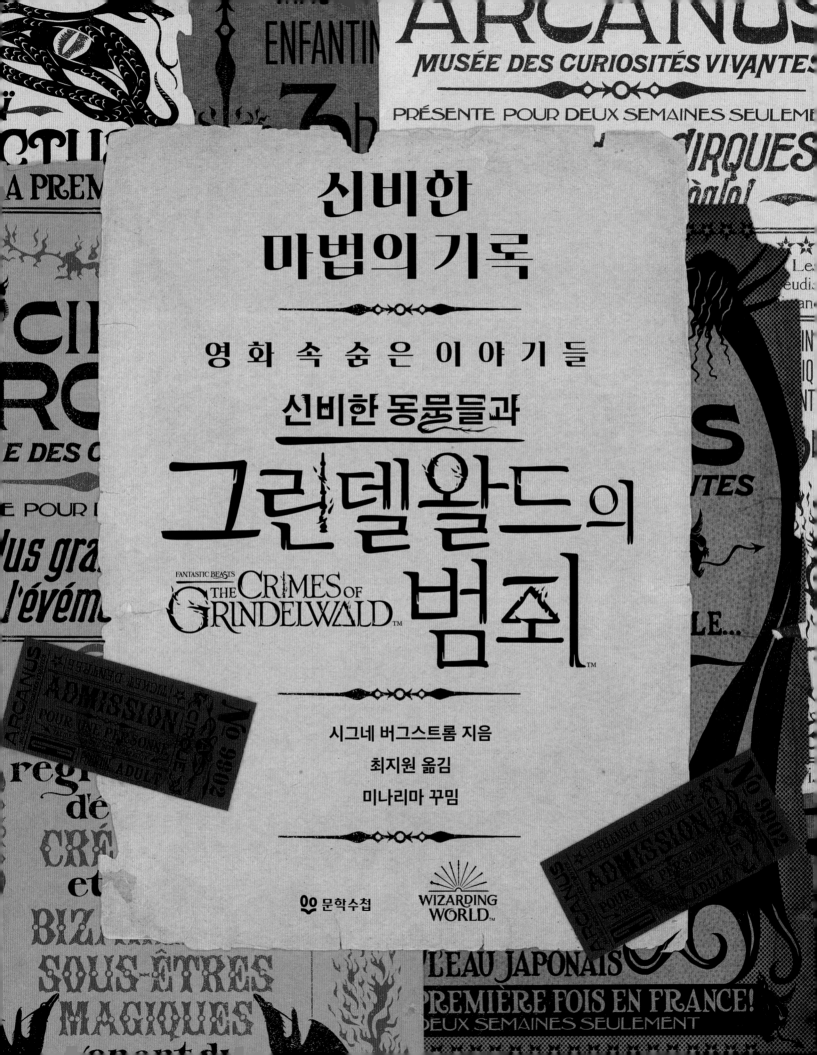

신비한 마법의 기록

영 화 속 숨 은 이 야 기 들

신비한 동물들과

그린델왈드의 범죄

FANTASTIC BEASTS
THE CRIMES OF GRINDELWALD™

시그네 버그스트롬 지음

최지원 옮김

미나리마 꾸밈

문학수첩

WIZARDING WORLD™

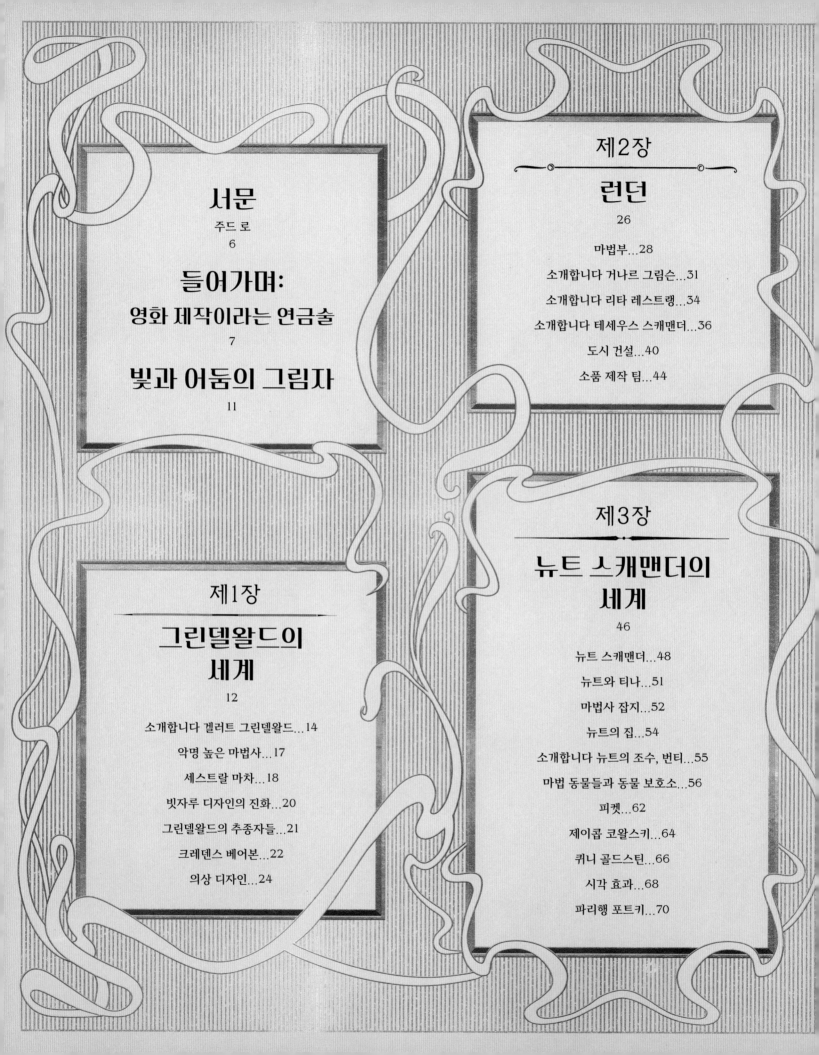

나는 오래전부터 J.K. 롤링 작품의 열렬한 팬이었다. 덤블도어를 연기하게 되리라는 사실을 알기 전부터 내 아이들에게 〈해리 포터〉 시리즈를 읽어 줬고, 영화 〈신비한 동물사전〉도 아주 재미있게 봤다. 〈신비한 동물들과 그린델왈드의 범죄〉에 합류한 후, 나는 J.K. 롤링의 이전 작품에서 보이던 주제들을 발견하고 흥분을 감출 수 없었다. 첫 편에서 뿌려진 씨가 두 번째 편에서 뿌리내리기 시작한다고 봐도 좋다. 우리의 캐릭터, 그리고 관객 들은 시간을 초월한 다음 질문들을 붙들고 싸우게 된다. '우리는 누구인가? 악에 직면했을 때 어떤 사람이 되기를 원하는가? 서로의 차이를 극복하고 모든 인류(마법사와 비마법사)를 위해 힘을 합쳐 싸울 것인가?'이다. 신비한 동물들 역시 잊어선 안 된다. J.K. 롤링은 너무나도 환상적이어서 우리의 야생 감각까지 깨워 주는 수많은 동물을 만들고, '이런 무고한 생명조차 지켜 낼 수 없다면 대체 누구를 구할 수 있을까?'라는 질문을 던진다. 아주 강력한 스토리텔링이 아닐 수 없다.

J.K. 롤링의 캐릭터들은 선과 악, 단체와 개인, 우리와 그들이라는 보편적인 개념과 씨름하면서 더욱 강하고 보다 넓게 공감하는 인물들로 거듭난다(물론 악당들은 예외다). 작가가 캐릭터의 배경과 현재 모습을 갖추게 된 내력을 속속들이 안다는 건 배우에게 큰 선물이다. 내 경우에는 J.K. 롤링이 덤블도어에 관해 알고 있는 정보가 가장 중요한 광산이었다. 물론 나도 〈해리 포터〉 시리즈의 독자로서 덤블도어를 알고 있지만, 젊은 시절의 그가 어떤 사람이었는지에 대해서는 조금의 단서도 없었다. 다행히 J.K. 롤링과 오후 한때를 함께 보내며 관객들이 익히 알고 사랑하는 교장이 되기 전의 그에 관해 자세한 설명을 듣고, 그런 그가 〈해리 포터〉 시리즈의 위대한 마법사로 발전한 비결에 대한 통찰도 전해 받을 수 있었다.

하지만 〈신비한 동물들과 그린델왈드의 범죄〉는 어느 한 캐릭터를 중심으로 돌아가지 않는다. 영화는 그보다 훨씬 큰 차원에서 전개된다. J.K. 롤링은 덤블도어와 그의 여정에 관한 지식만큼 다른 모든 캐릭터와 그들을 움직이게 하는 원동력을 잘 안다. 뉴트의 내적 갈등, 티나의 고요한 자존심, 제이콥과 퀴니의 복잡한 감정은 물론이고 사람을 조종하는 그린델왈드의 매력까지 말이다. 보우트러클 피켓도

빼놓을 수 없다. 각 캐릭터는 자신만의 모험을 떠나고, 그 길은 여러 군데서 교차한다. 그중 몇몇은 고의든 아니든 간에 서로 충돌하는데, 이야기 자체는 이런 온갖 부분들의 합에 불과하다.

영화 세트만큼 앞서 말한 개념이 잘 적용되는 곳은 없다. 배우들은 예술적인 면에서 기술적인 면까지, 여러 분야에서 비범한 재능을 지닌 전문가들로 구성된 수많은 팀 중 하나일 뿐이다. 이 영화처럼 다양한 디자인과 세트, 의상, 기술적인 요소가 투입되는 작품을 제작할 때는 특히나 높은 수준의 예술적인 협업이 요구된다. 이러한 협업 과정이 유동적이고 자연스럽게 이루어질 때는 정말 행복하게 일을 할 수 있다. 나는 운 좋게도 수년간 여러 영화 작업에 참여해 왔는데, 이 영화에는 아주 특별한 무언가가 있다. 데이비드 예이츠 감독이 동지애를 강조하는 현장 분위기를 만들어 준 덕분에 모두가 순수하게 기쁜 마음으로 일터에 왔고, 오랜 시간 열심히 노력해서 그가 그리는 그림에 생명을 불어넣었다.

〈신비한 동물들과 그린델왈드의 범죄〉는 엄청난 상상력으로 만들어 낸 영화다. 나는 책이든 영화든, 그 안에 깃든 상상력에는 사람을 치유하고 삶을 변화시키는 힘이 있다고 믿는다. 이는 또한 희망을 불러일으키고 선한 의지를 전파한다. 내가 덤블도어를 연기하며 배운 점이 한 가지 있다면, 타인에게 공감하는 마음이 그 어떤 마법 주문보다 위대하다는 것이다. 결국 정의를 위해 함께 일어설 때, 우리에게 필요한 건 마법이 아니니까 말이다(물론 도움은 된다).

호그와트 마법학교에서 대화를 나누는
덤블도어(주드 로)와 리타 레스트랭(조 크래비츠).

6

— 주드 로, 2018

영화 제작이라는 연금술

"대형 프로젝트일수록 열정은 덜 들어간다고 생각할 수도 있죠. 하지만 이 영화는 절대 그렇지 않았어요.
모두가 엄청난 애정과 마음을 쏟아부었거든요." — 배우 조 크래비츠

J.K. 롤링의 베스트셀러 〈해리 포터〉 시리즈가 2007년 7월 《해리 포터와
죽음의 성물》로 완결되고, 그로부터 4년 후 이 책의 영화 2부까지 개봉
하고 나자 마법 세계 팬들과 출연진, 제작진 사이에는 깊은 정적이 내려
앉았다. 제작자 데이비드 헤이먼은 당시를 이렇게 회고한다. "〈해리 포
터〉 시리즈가 8번째 영화로 끝났을 때, 기쁨과 슬픔이 공존했어요. 새로
운 프로젝트를 받아들일 여유가 생겨서 기뻤지만…… 함께한 이들이 이
제는 가족처럼 느껴지고 여태까지 몸담았던 곳이 정말로 멋진 세상이었
기에 슬펐죠. 그래서 다시 돌아올 기회가 생기자마자 바로 뛰어들었습
니다." 그 기회란 물론 2016년에 개봉한 영화 〈신비한 동물사전〉이었다.

빈스 맥거혼 촬영 기사 (왼쪽)와 필립 루셀롯 촬영
감독 (중간), 데이비드 예이츠 감독 (오른쪽).

〈해리 포터〉시리즈의 소설과 영화는 호그와트 마법학교를 제외하면 대부분 영국에서 이야기를 펼쳤다. 반면 〈신비한 동물사전〉은 시야를 넓혀 뉴욕을 배경으로 하고, 5부작 중 두 번째 편인 〈신비한 동물들과 그린델왈드의 범죄〉(이하 〈그린델왈드의 범죄〉)는 도중에 호그와트 마법학교 같은 친숙한 장소에 잠시 들러 가며 뉴욕에서 런던으로 이동한 후, 관객들을 빛의 도시 파리에까지 데려간다. 이렇게 전 세계적으로 확장된 공간은 단순히 배경으로만 치부되지는 않는다. 〈그린델왈드의 범죄〉에서 J.K. 롤링은 해리 포터 세상과 교차하는 인물들을 포함한 새로운 등장인물과 함께, 수십 년을 가로지르는 스릴 넘치는 플롯과 눈부신 새 마법 주문들을 소개한다. 뉴트 스캐맨더의 마법 동물들도 더욱 다채로워져서, 팬들의 사랑을 듬뿍 받은 니플러와 보우트러클 피켓 등이 여러 동물과 함께 돌아온다.

데이비드 예이츠 감독과 제작자 데이비드 헤이먼은 〈그린델왈드의 범죄〉 제작진을 멀리서 찾지 않았다. 전편의 제작진이 대부분 그대로 돌아왔기 때문이다. 〈해리 포터〉 영화에도 참여했던 재능 있는 일러

스트레이터와 애니메이터, 그래픽 디자이너, 재단사, 세트 장식가, 제작자 등 수많은 장인과 기술자가 힘을 합친 덕분에 작업은 빠르고 수월하게 진행되었고, 촬영장에는 내내 화목한 분위기가 감돌았다.

모두 이미 요령이 있는 만큼 창의력을 십분 발휘할 수 있었고, 체계도 이미 구축되어 있었다. 이전 영화에서 사용했던 소품이나 의상, 각종 인쇄 디자인물 등의 핵심 요소들도 용도를 바꿔 재활용하거나 통째로 옮겨 왔다. 두 영화 사이에 거의 물샐 틈 없는 전환이 이루어지긴 했지만 그렇다고 뒷짐만 지고 있던 사람은 한 명도 없다. 헤이먼은 "첫 번째 영화에서 시도한 모든 것에 의문을 제기하고 도전했다"고 말한다. "'개선할 부분은 없을까? 이 장면은 어떻게 하면 좀 더 나아 보일까?' 하면서 스스로를 채찍질했죠. 그렇게 습득한 지식을 전부 영화에 반영했어요." 영화 제작은 어떤 면에서 연금술과 비슷하다. 결단력과 투지, 서로에게 감사하는 마음이 모두의 노고를 마법으로 뒤바꿔 놓는다.

예이츠 감독은 〈그린델왈드의 범죄〉에서 마법 자체를 부수적인 것으로 만들어 버릴 만큼 엄청난 마법 세계를 창조하려고 노력했다. 헤이먼은 "부수적인 마법이란, 마법이 환경이나 세계의 일부로 단순하게 받아들여져서 그 안에서 아낌없이 사용된다는 뜻"이라고 설명한다. 마법은 이처럼 융화돼 있어서 흔할 수밖에 없다. 어디서든 동시

위: 연기를 감독하는 데이비드 예이츠 감독.
오른쪽: 에디 레드메인(뉴트)과
댄 포글러(제이콥), 윌리엄 나디람(유서프 카마).

다발적으로 발생한다. 그럼에도 예이츠 감독은 가장 예상치 못한 장소에 현실을 뛰어넘는 신비로운 순간을 끼워 넣는다. 예를 들면 아르카누스 서커스 장면에서 어린아이들이 아주 커다란 비눗방울 안에 들어가 둥둥 떠다닌다는 아이디어를 내서 마법은 어디에나 존재한다는 메시지를 전하는 것이다. 하지만 마법사들이 어떤 마법을 부릴 줄 아느냐보다 더 중요한 건 그것으로 무엇을 하느냐다. 정의를 위해 싸우려면 때로는 한 사람 이상의 힘이 필요하다. 수많은 동물과 지팡이를 든 마법사 군단(그리고 뉴욕에서 온 제빵사 한 명)이 전부 동원돼야 할 때도 있다. 헤이먼은 이렇게 말한다. "이 영화는 아주 많은 것을 담고 있어요. 진실과 '절반의 진실'에 관해 이야기하고, 정체성에 대해서도 말하죠. 여러 면에서 사랑 이야기라고도 할 수 있어요. 스릴 넘치고, 재미있고, 감동적이죠. 갈망과 염원, 사랑에 관한 영화면서, 그 앞을 가로막는 것들에 대항하며 겪는 내적 갈등에 대한 영화이기도 해요. 정서적으로 아주 강력하고 황홀하며…… 마법 같죠."

한마디로, 환상적이다.

빛과 어둠의 그림자

"이 영화는 전혀 다른 차원의 윤리를 이야기해요."
— 각본가 겸 제작자 J.K. 롤링

〈그린델왈드의 범죄〉는 각 캐릭터가 인류의 이익과 개인의 도덕성 사이에서 균형을 잃지 않으려고 애쓰는 사이에 그들의 복잡한 인간성을 파고든다. 빛과 어둠의 그림자 속에서 개인과 집단의 신념이 겹치거나 충돌하며 이야기가 전개되고, 언제나 기회주의자였던 그린델왈드는 자신의 이익을 위해 이러한 갈등을 이용한다. 각본가 겸 제작자 J.K. 롤링은 이렇게 설명한다. "이 영화는 독재자 혹은 기회만 오면 독재자가 될 인물의 출현을 다루고 있어요. …… 그린델왈드는 무척 매혹적인 캐릭터라서, 권력을 얻은 그에게 선량한 캐릭터들까지 넘어가는 이유를 관객들도 이해할 수 있을 거예요."

롤링은 "데이비드 예이츠 감독과 자리를 했을 때, 이건 정말 간단한 이야기가 아니라며 둘이 함께 웃었어요. …… 착한 사람이 반대쪽으로 넘어가고 나쁜 사람이 교화되기 때문에 착한 편과 나쁜 편의 대결로 단순화할 수 없거든요"라고 말한다. 완전한 지배를 바라는 그린델왈드의 욕구는 어둠에 속한 것이지만, 마법 세계를 음지에서 벗어나게 하자는 이상을 그와 함께 싹 틔우고 공유했던 사람은 다른 누구도 아닌 덤블도어다. "그린델왈드와 덤블도어의 관계가 덤블도어를 덤블도어답게 만드는 핵심이에요. 두 사람은 아주 어릴 때 만났어

요. 10대 후반이었고, 둘 다 뛰어난 마법사였죠. …… 이 영화에서는 두 사람이 어떤 관계이고 앞으로 어떻게 될지 살짝 맛만 보여 드릴 거예요." 롤링의 말이다. 두 사람의 관계가 덤블도어의 성격을 드러낸다면, 이들의 깨진 우정은 대규모 전투 무대를 마련한다. 〈그린델왈드의 범죄〉에서 덤블도어는 자신과 옛 친구의 신념이 반대된다는 사실을 금세 깨닫는다.

J.K. 롤링에게 그린델왈드와 덤블도어의 관계는 〈신비한 동물〉과 〈해리 포터〉 세계를 이어 줄 특별한 기회였다. "〈신비한 동물〉 시리즈에서 우리는 〈해리 포터〉 캐릭터들의 선조와 친척 들을 만나게 돼요. …… 하지만 한편으로 저는 〈해리 포터〉에서는 암시만 되었던 별개의 이야기를 〈신비한 동물〉 시리즈에서 하고 있어요. 여기서는 그린델왈드가 등장하는데, 마법 세계는 물론이고 온 세상의 안녕을 심각하게 위협하는 마법사죠. 덤블도어는 아시다시피 〈해리 포터〉 책에서 핵심적인 인물이었고요. 오래전부터 과거 배경에 관해 품어 왔던 여러 아이디어를 드디어 털어놓을 수 있게 되어서 정말로 뿌듯해요."

그린델왈드의 세계

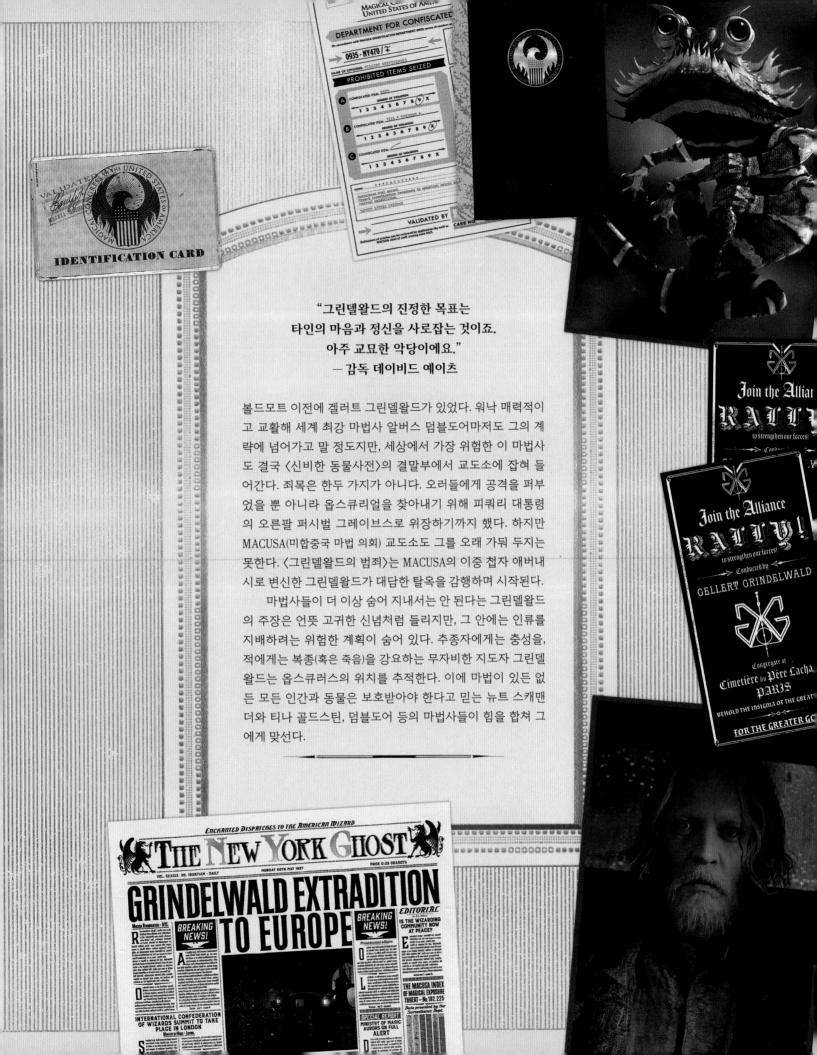

> "그린델왈드의 진정한 목표는
> 타인의 마음과 정신을 사로잡는 것이죠.
> 아주 교묘한 악당이에요."
> ─ 감독 데이비드 예이츠

볼드모트 이전에 겔러트 그린델왈드가 있었다. 워낙 매력적이고 교활해 세계 최강 마법사 알버스 덤블도어마저도 그의 계략에 넘어가고 말 정도지만, 세상에서 가장 위험한 이 마법사도 결국 〈신비한 동물사전〉의 결말부에서 교도소에 잡혀 들어간다. 죄목은 한두 가지가 아니다. 오러들에게 공격을 퍼부었을 뿐 아니라 옵스큐리얼을 찾아내기 위해 피쿼리 대통령의 오른팔 퍼시벌 그레이브스로 위장하기까지 했다. 하지만 MACUSA(미합중국 마법 의회) 교도소도 그를 오래 가둬 두지는 못한다. 〈그린델왈드의 범죄〉는 MACUSA의 이중 첩자 애버내시로 변신한 그린델왈드가 대담한 탈옥을 감행하며 시작된다.

마법사들이 더 이상 숨어 지내서는 안 된다는 그린델왈드의 주장은 언뜻 고귀한 신념처럼 들리지만, 그 안에는 인류를 지배하려는 위험한 계획이 숨어 있다. 추종자에게는 충성을, 적에게는 복종(혹은 죽음)을 강요하는 무자비한 지도자 그린델왈드는 옵스큐러스의 위치를 추적한다. 이에 마법이 있든 없든 모든 인간과 동물은 보호받아야 한다고 믿는 뉴트 스캐맨더와 티나 골드스틴, 덤블도어 등의 마법사들이 힘을 합쳐 그에게 맞선다.

소개합니다
겔러트 그린델왈드

"강력한 마법사는 웬만해서는 막아 낼 수 없죠." ─ 소품 제작자 피에르 보해나

MACUSA에 수감된
그린델왈드.

조니 뎁이 연기한 겔러트 그린델왈드는 사악한 매력과 재능으로 추종자를 끌어들이는 위험하고 복잡한 인물이다. 백금발의 마법사이자 혁명가로서 그는 마법 혈통의 승리를 믿는다. 스스로가 보다 위대한 선을 위해 움직이고 있다고 믿으며, 마법사들이 음지에서 벗어나 비마법사 인간과 열등한 혈통들을 지배해야 한다고 생각하는 그의 세계관은 결국 추종자들과 자유의 편에 선 이들 사이에 대규모 전쟁을 일으킨다.

〈해리 포터〉 시리즈에서 수많은 인간을 살해하고 그보다 더 많은 이들을 공포로 몰아넣은 볼드모트는 누가 봐도 명백한 악당이었다. 하지만 그린델왈드의 경우는 훨씬 미묘하다. 사람을 조종하고 유혹하는 그의 힘은 지팡이로 발사하는 주문만큼이나 강력하다. 예이츠 감독은 "사랑과 빛, 이해심, 호기심을 믿는 사람들에게는 그린델왈드가 훨씬 더 심각한 위협이에

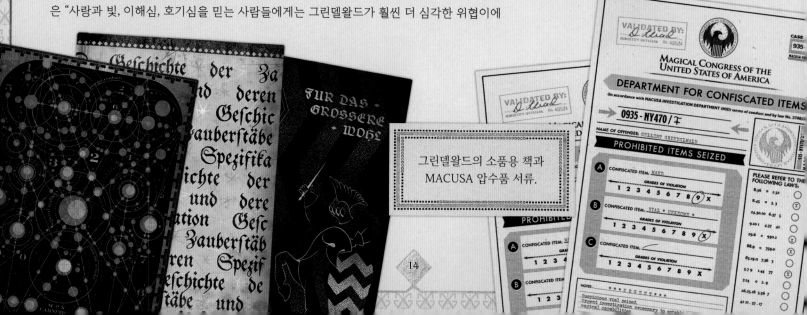

그린델왈드의 소품용 책과
MACUSA 압수품 서류.

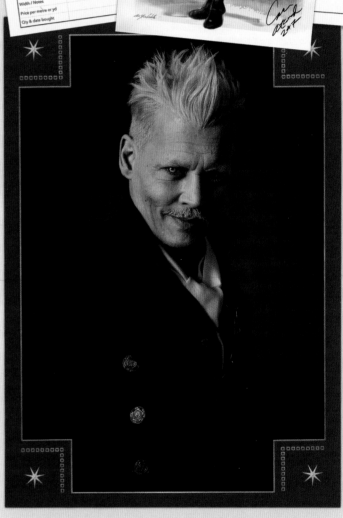

그린델왈드의
의상 스케치.

요. 그들이 중요하게 여기는 가치를 흔들어 놓으니까요. 그린델왈드는
그들 중 하나인 척하며 설득력 있게 주장을 펼쳐요. 그들에게 공감하는
척하죠. 그것도 아주 교묘한 방식으로요. 이제까지의 악당 중 제일 위험
하다고 할 수 있어요"라고 말한다. 알버스 덤블도어조차 정면으로 맞서
지 못하는 걸 보면 그린델왈드가 정말 어마어마한 설득력을 지닌 마법
사라는 점은 분명하다.

그린델왈드는 누구나 증오할 만한 캐릭터다. 퀴니 골드스틴을 연기
한 앨리슨 수돌은 자신이 그 역할을 맡고 싶었다고 고백한다. 물론 그녀

가 퀴니가 아니었다면 말이다. "악당을 연기할 때 느껴지는 왠지 모를 쾌
감이 있어요. …… 나쁜 사람이 되어, 나쁜 짓을 즐기며 시간을 보내는 건
꽤 재미있는 일이죠. 그린델왈드는 카멜레온이에요. 이 사람 앞에서는
이랬다가 다른 사람 앞에서는 또 다르게 굴죠. 실제로 그런 사람이 있다
면 아주 해롭고 끔찍하겠지만, 배우로서 연기하기에는 재미있는 캐릭터
예요." 조니 뎁은 자신의 역할 속으로 들어가기 위해 의상 디자이너 콜린
애트우드와 캐릭터 연구에 들어갔다. 두 사람은 그린델왈드라는 캐릭터
의 근본과, 어떻게 하면 뎁이 그러한 특징을 최대한 구체화할 수 있을지
에 대해 논의했다. 그들은 우선 알프스 산등성이를 연상시키는 '그린델
왈드(Grindelwald)'라는 캐릭터의 이름에서부터 시작했다. 애트우드는 다

음과 같이 말한다. "저는 예전부터 바이에른 지방 의상을 좋아했어
요. 구멍 뚫린 가죽과 정교한 자수 무늬 같은 것들요. 그리고 레더
호젠이 믿을 수 없을 만큼 섹시하다고 늘 생각했죠. 조니 뎁도 동의했
어요. 우린 레더호젠에 긴 부츠를 매치시켰죠. 돌고 돌아 계속해서
이 원점으로 돌아왔고, 결과적으로 바이에른과 뉴로맨틱 패션을 절
충했어요. 조니보다 의상을 우아하게 소화하는 배우는 없어요. 이거
다 싶은 확신이 들면 마치 옷에 날개를 단 듯 움직이죠."

콘셉트 아티스트 몰리 솔은 그린델왈드의 유리 펜던트 목걸이
를 제작했다. "그린델왈드가 어떤 인물인지 이해하려고 노력했어요.
그에게 중요한 건 뭘까 자문해 봤죠. 그는 죽음의 성물에 사로잡혀 있

어요." 솔은 이러한 그의 집착을 발판으로 죽음의 성물인 투명 망토와 딱총나무 지팡이, 부활의 돌을 상징하는 보석을 디자인했다. (삼각형은 망토를, 직선은 지팡이를, 원은 돌을 상징한다.) 그 결과 그린델왈드가 정말로 직접 만들었을 법한 아주 사적인 물건이 만들어졌다. 이런 부적을 지니는 일은 그린델왈드라는 인물을 현실적으로 구현하는 데 도움을 준다. 그러나 의상이나 헤어스타일, 눈동자 색이 다른 두 눈 등의 신체적 특징은 그 인물을 이루는 단편일 뿐이다. 진짜 마법은 그를 연기하는 조니 뎁에 의해 완성된다. 유서프 카마 역을 연기한 윌리엄 나디람은 그린델왈드에 대해 이렇게 평한다. "카리스마 그 자체죠. 누구나 그와 친구가 되고 싶어 해요. 누구나 그와 같이 있고 싶어 하죠. 승리자처럼 보이니까요."

그린델왈드의 지팡이

관객들은 이 영화에서 그린델왈드가 딱총나무 지팡이를 휘두르는 모습을 확인할 수 있다. 마법 역사가 흐르는 동안 지팡이의 주인은 여러 번 바뀌었는데, 그린델왈드는 지팡이 제작자 그레고로비치에게서 빼앗았다. 이름처럼 딱총나무로 만들어졌으며, 세상에서 가장 강력한 지팡이로 알려졌다. 길이는 38센티미터이며, 중심에는 세스트랄 꼬리털이 들어 있다.

악명 높은 마법사

> "얼마나 사악하고 얼마나 위험하든,
> 그는 최악인 동시에 최고로 평가받는다."
> — J.K. 롤링, 〈그린델왈드의 범죄〉 각본 중

MACUSA 교도소에
갇혀 있는 그린델왈드.

그린델왈드의 이름 뒤에는 그의 악명이 뒤따른다. 또한 그는 매우 긴 전과 기록을 가지고 있다. 〈신비한 동물사전〉의 결말부에서 스우핑 이블의 도움을 받은 뉴트 스캐맨더와 티나 골드스틴의 원투 펀치(소환 마법과 리벨리오 주문)가 그를 체포하기는 하지만 그것도 잠시, 그린델왈드는 어느새 MACUSA의 애버내시를 포섭해 교도소를 탈출한다.

그린델왈드의 대담한 탈옥 장면은 출연진과 제작진의 노력이 총동원된 영화사적 업적이라 할 만하다. 예이츠 감독과 자일스 애즈버리가 이 시끌벅적한 장관을 만들기 위해 제작한 목업(mock-up) 스토리보드는 각 효과 팀의 시각적 토대가 되었다. 시각 효과(VFX) 팀 감독 크리스천 만츠는 "5개월에 걸쳐 여러 아이디어를 시험하며 장면을 구성했"다고 말한다. "하늘을 나는 마차가 있고 빗자루도 다시 등장하죠. 스턴트 코디네이터 유니스 후다트가 해리 포터 때 사용했던 것보다 더 좋은 빗자루 리그(회전 지지 장치―옮긴이)를 제안했어요. 매우 광범위한 협업이 이루어졌죠."

지하 감옥을 빠져나온 그린델왈드는 건물 꼭대기에 대기 중인 세스트랄 마차로 이동하는데, 미술 팀은 이때 바람에 휩쓸려 황량하고 으스스해진 건물을 표현하기 위해 내부를 전부 들어내고 카메라가 자유롭게 움직일 수 있는 공간까지 추가로 확보했다. 그린델왈드가 올라타자마자 마차는 곤두박질친다. 비쩍 마른 날개 달린 말인 세스트랄들이 지붕 밑 공간을 통과하기 위해 날개를 접어 갑작스러운 난기류가 생겼기 때문이다. 세트 디자인이 액션을 이끌어 낸 하나의 예로 미술 팀과 VFX 팀, 스턴트 팀이 긴밀히 협력하며 장면을 만들어 나갔다.

빠른 속도로 이야기가 전개되는 과정에서 관객들은 애버내시와 그린델왈드가 든 딱총나무 지팡이를 알아볼 수 있다. 딱총나무 지팡이, 세스트랄 마차, 빗자루 등은 이 영화에 환상적인 분위기를 더할 뿐 아니라 해리 포터 세계와의 연관성을 시사한다. 세스트랄 마차가 MACUSA 본부 지붕을 뚫고 나오는 순간, 관객들은 그린델왈드가 키를 잡은 어둡고, 위험하고, 스릴 넘치는 항해에 올라탔음을 깨닫는다.

그린델왈드의 해골 파이프.

세스트랄 마차

"마치 롤러코스터가 질주하는 것 같아요."
— 특수 효과 감독 데이비드 왓킨스, 오프닝 장면에 관하여

위·중간: 세스트랄 마차
콘셉트 아트.
아래: 배경이 추가된 VFX 렌더링.

기록적으로 많은 시각 효과를 사용한 전편 〈신비한 동물사전〉을 잇는 이 영화는 도입부부터 세스트랄 마차가 질주하는 장면으로 독창적인 시각 효과를 자랑한다.

세스트랄은 해골처럼 생긴 날개 달린 말이다. 몸은 말과 비슷하지만 파충류적인 특성도 지니고 있어서 머리는 용과 유사하고, 눈은 동공이 없어 새하얗다. 죽음을 목격한 사람의 눈에만 보이기 때문에 태생적으로 섬뜩한 동물이다. 해리 포터 세계가 친숙한 관객이라면 호그와트에서도 잘 훈련된 세스트랄 무리를 기르고 있으며, 이들이

호그스미드 역에서 성의 정문까지 학생들이 탄 마차를 끌어 준다는 사실을 알 것이다. 또한 〈해리 포터와 죽음의 성물 1부〉에서 기사단이 이모부 집에 있던 해리를 버로우까지 호위해 갈 때도 세스트랄이 이용됐다. 속도 면에서 세스트랄은 빗자루를 대체할 만한 완벽한 교통수단이다.

〈그린델왈드의 범죄〉에 등장하는 세스트랄 마차를 위해 미술팀은 대형 마차 세 대를 주문했다. 그리고 마차마다 내부를 다른 식으로 꾸몄는데, 그중 한 대는 물에 잠겨도 안전하게 촬영할 수 있도록

설비했다. 메인으로 사용할 마차는 밑에 여러 개의 짐벌(카메라가 회전할 수 있도록 지지하는 축)과 리그를 장착했는데 "정말로 날아다니는 것처럼 보이게 하려고 리그를 설치했"다고 VFX 감독 크리스천 만츠는 설명한다. 예전에는 리모컨과 컴퓨터로 카메라를 조종하며 촬영했지만, 이 영화에서는 리그 장치를 단 덕에 촬영 팀이 직접 이 장면을 찍을 수 있었다. 만츠는 기존에 후반 작업에서 화면에 붙여 넣던 것도 이제는 "빗자루를 탄 사람들과 마차를 나란히 놓고, 한쪽에서 다른 쪽으로 가로질러 촬영할 수 있"다고 예를 들어 주었다. "그럼 진짜 추격하는 듯한 느낌이 나죠."

　　카메라 리그의 종류는 다양하다. 특수 효과 감독 데이비드 왓킨스는 이렇게 설명한다. "그린델왈드가 타는 마차의 밑면에 리그 두 개를 추가로 달았어요. 마차마다 특정한 숏에 필요한 구성이나 부품을 서로 다른

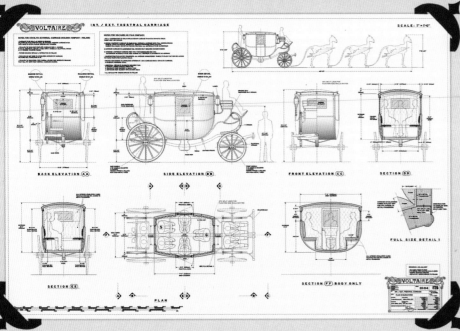

식으로 장착했죠." 특수 효과 팀은 주로 리그와 짐벌, 왈도에 의존해 촬영을 설계했다. 왓킨스는 왈도의 마법에 대해 칭찬을 아끼지 않는다. "짐벌 촬영을 설계할 때 조종실 책상 위에는 왈도, 그러니까 동작 모방 장치가 있었어요. 우리가 모델을 움직이면 세트에 있는 짐벌로 동작이 전송됐죠. 많은 장면이 실시간으로 설계되었고, 우리가 원하는 동작이 나올 때까지 녹화할 수 있었어요. 왈

도는 우리 세계에서 아주 귀중한 장치예요." 자유롭고 생생한 촬영을 가능케 하는 왈도는 여러 대의 카메라 사이에서 계획된 동선을 지키면서 무모하고 속도감 있는 추격전 느낌을 내는 데 없어서는 안 될 장치였다. 제작진과 출연진은 모두 한마음이 되어 움직이며, 어디로 튈지 알 수 없는 긴박감 넘치는 탈주 장면을 정밀한 통제 아래 성공적으로 이끌어 냈다.

세스트랄 마차 장면을
촬영하는 조니 뎁.

출연진과 제작진은 그린스크린과
CGI를 활용해 그린델왈드의
대담한 탈옥 장면의 긴장감 넘치는
시각 효과를 만들어 냈다.

빗자루 디자인의 진화

<그린델왈드의 범죄>에서 빗자루는 화면에 고작 몇 초간 비칠뿐더러 그나마도 배경 장식처럼 처리된다. 하지만 빗자루 제작에 들어간 노력과 고민을 알고 나면 소품 하나하나의 중요성과 장인 정신에 감동할 수밖에 없다. 콘셉트 아티스트 몰리 솔은 이렇게 고백한다. "빗자루 디자인이 얼마나 진화했는지 알려면 예전에는 어떤 모습이었는지를 살펴봐야 해요. …… (<해리 포터> 영화보다) 이전 시대인 만큼 디자인이 더

만큼 아름다운 이 빗자루는 무조건 빠르게 보이도록 디자인됐다.

각각의 빗자루는 직접 비행을 하는 스턴트 팀의 요구에 부합해야 하지만, 미술 팀은 좀 더 현실적이고 실질적인 문제까지 고려했다. "스턴트맨들에게 맞는 빗자루의 크기와 형태가 있어요. (소품 팀 감독) 피에르 보해나가 그들과 의견을 교환하면서 적합한 리그를 찾아내죠." 리그의 형태는 빗자루 디자인 전반에 영향을 미칠 수 있다. 이전 영화에서는 스턴트맨이 짐벌이나 리그를 부착한 빗자루에 올라탔지만, 이번에는 탑승자에게 리그를 부착해 더욱 자연스러운 동작을 끌어냈다. 디자인 측면에서 말하자면, 더 이상 빗자루에 'ㄷ'자 모양 쇠붙이를 달지 않아도 된다.

단순한지, 프랑스 사람들은 어떤 점에서 달랐을지 질문을 거듭했죠." 이러한 질문의 답을 찾아가다 보니 세트 디자인의 우아함을 빼닮은 아르누보 스타일 빗자루가 탄생했다. 하지만 오프닝 탈출 신에 사용된 빗자루는 우아함이 아닌 속도에 우선순위를 두었다. 미끈하면서 얄궂을

위: 프랑스제 빗자루 소품.
오른쪽: 퀴디치 빗자루
콘셉트 아트.

그린델왈드의 추종자들

애버내시

로지어

로디어스 피터스가 연기한 나글, 앤드루 터너가 연기한 맥더프, 사이먼 미콕이 연기한 크래프트, 데이비드 사쿠라이가 연기한 크랄, 마야 블룸이 연기한 캐로우, 포피 코비-투크가 연기한 빈다 로지어 등이 그들이다. (로지어는 〈해리 포터〉 책에서 죽음을 먹는 자의 이름으로 소개된 바 있고, 캐로우는 〈해리 포터〉 영화에도 등장한 아마커스와 알렉토의 성이다.) 애트우드는 이들 추종자 무리를 구분하기 위해 붉은색과 녹색이 주를 이루는 '제복'에 각자의 개성에 맞는 세부 장식을 풍성하게 더했다. 그린델왈드의 부사령관 로지어는 뾰족한 마녀 모자를 쓰고, 맥더프는 토끼 발자부터 사람의 치아까지 온갖 물품으로 장식한 체인을 두르며, 크래프트는 군복처럼 보이는 재킷을 입는다. 다른 추종자들도 각기 다른 악당 스타일을 뽐낸다. 벨트가 세 개 달린 재킷을 입고 챙이 뾰족한 모자에 깃털 장식을 단 이들도 눈에 띄는데, 이는 1930년대 유럽의 파시스트들 사이에서 유행하던 패션이다.

그린델왈드의 추종자들은 각기 독특한 개성을 지닌 실감 나는 캐릭터들이다. 애버내시 역을 연기한 케빈 거스리는 "저마다 특별하고 멋진 방식으로 선택된 배우들이 각자의 개성을 캐릭터에 담아냈다"고 설명한다. 그린델왈드의 오른팔 애버내시는 관객들이 이미 알고 있는 인물이다. 첫 편에서 그는 엄격하고 깐깐한 MACUSA의 모범적인 공무원이자 티나와 퀴니 골드스틴의 상사인 미국 마법사였다. 하지만 이번 편에서 애버내시는 그린델왈드를 신봉하는 이중 첩자로 등장한다. 거스리가 말을 이었다. "이번에는 애버내시가 새로운 타깃이에요. 희생양이죠. 그는 그린델왈드를 만족시키고, 그에게서 긍정적인 평가를 받으려고 필사적으로 노력해요." 애버내시의 변신에서 또 하나 빼놓을 수 없는 부분은 의상이다. 의상 디자이너 콜린 애트우드는 애버내시에게 위험을 무릅쓰는 대담한 사람다운 옷을 입혔다. 그러자 일에 몰두하는 딱딱한 책벌레 공무원이 사라지고, 매끈하고 매혹적인 남성이 나타났다. 하지만 의상보다 중요한 건 그린델왈드의 명령을 한 치의 오차도 없이 수행하는 그의 능력이다. "애버내시는 마법 주문을 외치고 실행할 때 군더더기 없이 간단명료하게 처리해요. 우유부단하거나 야단스럽지 않죠." 거스리의 설명이다.

그린델왈드는 애버내시 외에도 여러 부하 및 추종자를 모집한다. 클

이 독특한 마법사 집단은 자신들이 역사의 잘못된 편에 서 있다고 생각하지 않기 때문에 더욱 진지하고 위험하다. 그들은 자신들이 혁명가라고 생각한다. 나글 역의 클로디어스 피터스는 이렇게 말한다. "그들은 어쨌든 자신들의 관점에서 세상을 더 나은 곳으로 만들고 싶어 해요. 그 목적을 이루기 위해 그린델왈드와 한편이 되는 거죠."

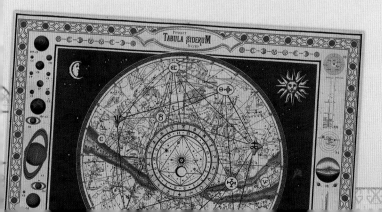

크랄

크레덴스 베어본

"그는 생사에 크게 신경 쓰지 않아요. 자신을 발견하는 여정에 관련될 때를 제외하면요."
— 배우 에즈라 밀러, 자신의 캐릭터 크레덴스에 관하여

"이 영화의 첫 편이 끝나는 순간부터 크레덴스의 여정을 계속하게 된다는 생각에 몹시 흥분되고 결연해졌어요." 크레덴스 베어본을 연기한 에즈라 밀러의 고백이다. 밀러가 이토록 열광한 건 그가 오래전부터 J.K. 롤링의 작품을 즐겨 보던 팬이었기 때문이다. 그에게 〈해리 포터〉 시리즈는 급증하는 상상력들을 탐험할 수 있도록 도운 발사대나 다름없었다. "저에게 마법이란 모든 것을 작동시키는 진정한 미지의 힘이고…… 언제나 제 삶의 중심을 차지하고 있어요. J.K. 롤링의 작품은 그러한 비밀 생각들의 안식처죠. 그런 생각이 세상에서 소멸하지 않고 자라날 수 있는 장소가 돼 주었거든요. …… 마법은 실존해요. 마법은 전부죠. …… 그런 세계를 채우는 일에 참여하면서 여러 상상력의 궤적을 따라가는 일은 제가 삶에서 맛본 가장 큰 영예이자 특권이에요."

크레덴스는 양어머니 메리 루 베어본 밑에서 당하던 학대와 억압의 사슬을 끊고 자기 자신을 찾기 위한 여행을 떠난다. "자신의 자

파리의 어느 아파트 밖에서의
크레덴스와 말레딕터스.

DANGER

아를 형성한 많은 것들이 거짓이라는 사실을 그도 이제 알아요. ……조금씩 통제력을 키워 가고 있죠." 밀러의 설명이다. 내면에 억압된 마법의 힘인 옵스큐러스를 통제할 수 있게 된 크레덴스는 해방감을 맛본다. 희생자에서 생존자로 변화한 것이다. 이러한 전환에는 더 큰 책임과 선택이 따르는데, 크레덴스 역시 자기 안에 있는 마법의 힘을 조심히 다루지 않으면 모든 걸 파괴할 수 있다는 사실을 잘 안다. "몸속에 있는 힘이 그를 시한폭탄으로 만들어요. 보통 마법사라면 이미 그 힘에 먹혀 버렸을 나이까지 살아남았지만, 이제 시간이 얼마 안 남았죠."

여태껏 집으로 삼아 왔던 뉴 세일럼 자선 단체의 잔해 속에서 입양 서류를 발견한 크레덴스는 친엄마를 찾으러 유럽으로 떠난다. 도중에 여러 우여곡절을 겪는 그는 아르카누스 서커스의 폭력적인 단장 스켄더 밑에서 일하며 다시 한 번 자기 자신을 위험으로 몰아넣는다. "서커스는 또 다른 감옥"이라고 밀러는 설명한다. 크레덴스는 자신도 모르는 사이에 동물 사냥꾼 거나르 그림슨과 최근 오러 자격을 되찾은 티나 골드스틴을 비롯한 몇몇 마법사들의 추적을 받게 되고, 저주받은 피로 인해 뱀으로 변신하는 여성 말레딕터스와 교제하며 그 안에서 위안을 얻는다.

크레덴스는 자신의 과거를 밝혀 줄 단서를 절실히 원한다. 그리고 모든 답을 쥐고 있는 마법사는 세상에 단 한 명, 그린델왈드다. 그는 크레덴스의 정체를 알면서도 비밀을 알려 주지 않는다. 밀러는 이렇게 말한다. "그린델왈드는 인간을 조종하는 사람들의 고전적인 지침을 따르고 있어요. 정체성을 부여하고 적을 설정해 주는 두 단계 전략이죠." 그린델왈드는 크레덴스에게 바라거나 요구하는 것은 무엇도 없다고 주장하고, 자신이 누구인지 알고 싶은 열망에 눈이 먼 젊은이는 사악한 마법사의 의도에 걸려들고 만다.

크레덴스의 의상
직물 견본과 스케치.

CAUTION
MAGICAL CREATURE

의상 디자인
콜린 애트우드

의상을 확인하고
수선하는 의상 팀원.

"이 영화에선 어둠의 그림자가 느껴져요. 안개가 자욱하죠. 아주 그윽한 분위기가
감도는 영화예요." ― 의상 디자이너 콜린 애트우드

의상 디자이너 콜린 애트우드는 아카데미 상을 네 번이나 거머쥐었다. 가장 최근에 수상의 영광을 안겨 준 작품은 〈신비한 동물 사전〉이다. 하지만 이런 상을 받을수록 그녀는 "더 잘하고 싶어"질 뿐이어서, 〈신비한 동물〉 시리즈의 두 번째 영화에는 더 큰 노력을 쏟아부었다.

그녀는 영화의 배경이 되는 1927년의 시대 의상에 살짝 변화를 주었다. 당시 표준보다 다채로운 색상을 사용한 것이다. 애트우드는 그 시기의 표준 색상이자 현재에도 여전히 기본적으로 쓰이는 갈색과 검은색, 회색에 강렬한 빨강과 푸른빛이 도는 자주색, 진한 파랑과 암녹색 등을 더했다. 덕분에 음산한 거리에 화려한 의상의 향연이 펼쳐지면서, 당시 모습을 재현하는 동시에 어딘지 모르게 약간 다른 세상 같은 느낌을 풍긴다. 애트우드도 자신의 의상이 "실제 시대보다 약간 진보적"임을 인정한다. "좀 더 매력적인 세계로 만들려고 밀어붙였거든요. …… 스커트는 전체적으로 조금 긴 편이에요. 실루엣은 훨씬 몸에 달라붙고요. 남성복도 좀 더 몸에 맞게 제작했어요. 바지통은 조금 넓히고요. 아주 작은 차이지만 이런 것들을 통해 좀 더 유연하게 흐르는 듯한 움직임이 생기거든요. 그리고 모자도 더 멋들어지게 만들었죠."

유럽의 패션 감각과 세련미가 더해지면서, 전편 〈신비한 동물사전〉과 비교해 의상은 전체적으로 화려하고 약간 더 정교해졌다. 캐릭터들이 성장했기 때문에 의상에도 그러한 성숙함을 반영했다는 이야기에는 타당성이 있다. 애트우드는 이렇게 설명한다. "등장인물들은 이제 삶의 다른 단계에 와 있어요. 마법 세계의 상류층 인사들과 만나 교제하죠. 파리에 있는 아주 세련된 세계에서 말이에요." 파리의 그런 모습과 분위기를 담아내기 위해, 애트우드는 베르사유는 물론이고 음악이 흐르는 카바레와 극장 같은 관능적인 도시의 뒷골목 패션까지 연구했다.

디자인 과정은 어떤 형태가 좋을지 아이디어를 내는 것에서부터 시작된다. 애트우드는 자신이 "스케치부터 시작하는 유형은 아니"라고 말한다. 대신 그녀는 사진 자료를 참고한 다음 재단기 앞에 앉는다. "마네킹에 모슬린을 대서 컷아웃 형태를 보고 때로

Vinda Rosier

는 실제 원단을 이용하기도 해요. 어떤 때는 그냥 무명천에 패턴을 그려서 옷감의 흐름이 어떻게 형성되는지 파악하죠. 그다음에 천을 잘라서 꿰매고, 그대로 배우한테 입혀 봐요." 애트우드는 배우들과도 긴밀히 협력하며, 대화를 통해 그들이 자신의 캐릭터를 어떻게 파악했는지 알아낸다. "배우들은 색상이나 형태, 옷이 움직이는 방향 등을 구체적으로 상상할 수 있거든요." 또한 의상이 캐릭터의 내면을 드러낼 뿐 아니라, 불편한 곳 없이 몸에 잘 맞는지도 꼼꼼하게 살핀다. "결국은 실제 사람이 그 의상을 입고 몇 달씩 지내야 하니까요. 편안하게 입을 수 있도록 해 줘야죠."

이런 창의적인 과정을 체계화하기 위해, 애트우드는 장면이나 캐릭터별로 요구되는 요소들을 나누어 서로 다른 유형의 디자인을 순차적으로 진행한다. 마법사(그리고 '마법'을 지녔다고 간주되는 그 외의 모든 생명체)가 첫 번째, 일상복이 두 번째, 극도로 호화로운 장면을 위한 의상이 세 번째 범주다. 애트우드의 표현에 따르면 "서로 다른 스타일을 짜 맞춘 대담한 조합"이지만, 각각의 범주에는 뚜렷한 차이가 있다. 보다 강력한 마법을 지닌 캐릭터에는 누아르 영화의 느낌을 살려 과장된 실루엣을 부여하고, 또 다른 범주를 이루는 그린델왈드의 추종자들은 특유의 개성을 풍기는 군복을 입는다.

애트우드는 이 모든 일을 혼자서 해내지는 않는다. 수많은 텍스타일 아티스트와 재단사, 재봉사, 염색공, 가봉사가 의상 팀에서 함께 일하는데, 어떤 날은 150여 명이 동시에 투입되기도 한다. (애트우드의 핵심 팀원은 50명에서 60명 정도다.) 작업 기간은 촉박한 편이다. 보통 2주 전에 일을 받아 시작하지만, 한 장면을 촬영할 때 다음 장면 의상을 준비해야 한다. 애트우드는 새 의상이 완성될 때마다 촬영장과 작업장, 촬영 준비 중인 세트 사이를 바쁘게 오간다. 이번 영화의 주요 촬영이 시작되기 전 준비 기간은 약 4개월이었다. "영화의 규모를 생각하면 시간이 촉박했어요. 초반에는 대부분의 배역이 캐스팅되지 않아서 예전 출연진들부터 시작했죠. 배우들이 섭외되는 대로 의상을 만들어 나갔어요." 그러나 의상 제작은 촬영이 시작된 후에도 계속되었다. 애트우드의 의상 팀 전원은 영화의 분위기와 각 캐릭터의 개성을 동시에 담아내는 세상에 단 하나뿐인 수제 맞춤복을 만들어 내기 위해 눈코 뜰 새 없이 전속력으로 달렸다.

모자

1920년대에는 모자가 중요한 패션 액세서리였기 때문에, 애트우드의 팀은 플랫캡(챙이 단단해서 쉽게 쓰고 벗을 수 있는, 일반적으로 노동자 계급에서 쓰던 실용적인 모자)부터 페도라(챙을 제외한 머리 부분이 높은 그 시대의 대표적인 남성용 모자), 여성의 머리카락을 다 덮을 만큼 깊숙이 내려오는 클로슈까지 다양한 모자를 제작했다. 1930년대 초에 유행하던 패션도 일부 접목했는데, 그 시절의 모자는 훨씬 조각 같은 느낌이라 디자인 면에서 더욱 자유롭고 대담한 시도를 할 수 있었다. 단역들은 대부분 평범한 노동자 스타일 모자를 쓰지만, 다른 연기자들에게는 각자의 신분에 맞는 모자가 주어졌다. 프랑스 오러들은 그중에서도 가장 신비한(물론 전통적인 마녀 모자에는 미치지 못하는) 모자, 바로 베레모를 쓴다.

> "이 영화는 가만히 멈춰 있는 법이 없어요."
> — 시각 특수 효과 감독 팀 버크

〈그린델왈드의 범죄〉는 영국 하트퍼드셔에 위치한 워너 브라더스의 리브스덴 스튜디오에서 상당 부분을 촬영했다. 〈해리 포터〉 영화 시리즈 전편이 촬영된 바로 그 스튜디오다. 〈해리 포터와 죽음의 성물 2부〉를 마무리 지은 후에 제작진은 정교하게 만들어진 소품과 공예품 수천 점을 남겨 두었는데, 〈그린델왈드의 범죄〉에 그중 일부가 사용되었다. 본래 항공기 제조 공장과 비행장이었던 이 스튜디오는 제2차 세계 대전 당시 항공기 생산의 중심지였던 곳으로, 오늘날에는 4만 6000제곱미터가 넘는 유동적인 공간과 대규모 야외 세트를 건설할 수 있는 32만 제곱미터 옥외 촬영지를 보유한 첨단 시설로 이용되고 있다.

상당수의 제작진이 〈해리 포터〉 시리즈 때부터 함께한 덕분에 리브스덴으로의 귀환은 마치 고향에 돌아온 듯한 느낌을 주었다. 몇몇 캐릭터가 두 프랜차이즈에 공통적으로 등장하기는 하지만, 마법 세계는 확장하고 있다는 느낌을 분명하게 풍긴다. 스토리 자체도 마찬가지다. 제작자 데이비드 헤이먼은 이렇게 설명한다. "첫 번째 시리즈였던 〈해리 포터〉는 주로 영국에 기반을 두었죠. 〈신비한 동물〉 시리즈의 첫 편은 뉴욕이 배경이었고요. 두 번째 편에서는 런던에 잠시 머물기는 하지만, 대부분 파리를 배경으로 이야기를 전개해요. …… 점점 세계를 무대로 한 이야기가 되어 가고 있죠."

제2장

마법부

마법부는 과거에 위법 행위를 한 뉴트 스캐맨더를 예의 주시하며 여행 허가증 발급을 거부한다. 뉴트는 친형 테세우스가 오러국 국장인데도 영국 마법부와 불안한 우호 관계를 유지한다. 규율을 따르는 성격이 아닌 데다가 위험에 처한 마법 동물을 보면 더더욱 앞뒤를 가리지 않고, 최근 다녀온 해외여행의 목적도 명확히 소명하지 않고 있는 뉴트가 여행 허가증을 재발급 받고 금지령을 풀 수 있는 유일한 길은 토르퀼 트래버스(데릭 리델)가 이끄는 마법사 법률 강제 집행부를 도와 크레덴스를 추적하는 것이지만, 오러 집단을 불신하는 뉴트는 이 제안을 거절한다. 마법부는 거나르 그림슨이라는 사악한 동물 사냥꾼에게 그 자리를 맡겨 옵스큐리얼을 찾도록 한다.

　관객들은 이미 마법부와 그 안의 다양한 부서들에 익숙하다. 데이비드 헤이먼은 "〈해리 포터〉에는 호그와트와 마법부가 있었"다고

마법사 법률 강제 집행부의 수장
토르퀼 트래버스(데렉 리델).

말한다. "마법 세계의 두 중심축이죠. ...... 이번 〈신비한 동물〉 시리즈 2편에서는 그보다 훨씬 다양한 마법 환경을 목격하시게 될 거예요." 그뿐 아니라 눈에 익은 장소들도 새로워진다. 미묘하지만 눈에 띄는 세부적인 변화를 주었기 때문인데, 마법부 휘장이 그 한 예이다. 그래픽 디자이너 미라포라 미나와 에두아르도 리마는 휘장의 이미지를 약간 변형시켰다. 미나는 "제일 먼저 휘장을 새로 디자인했"다고 말한다. "〈해리 포터〉 시리즈에 쓰인 휘장은 이 영화의 시대에 맞지 않게 너무 현대적이거든요. 시간이 흘러 나중에 디자인이 바뀌었다고 가정했죠." 그래픽 팀은 〈해리 포터〉 영화와의 연속성을 위해 보라색은 그대로 유지했다. 워낙 전통적인 기관이다 보니 브랜딩을 쉽게 바꿀 수 없었기 때문이다. 마법이 깃든 장소인 만큼 이곳에 사용된 보라색은 "마법 세계로의 변환"을 의미한다고 미나는 밝혔다.

옵스큐러스를 찾아서
파괴하는 일을 도와 달라는 제의를 받는
뉴트 스캐맨더(에디 레드메인).

관료 조직 속 마법

비록 관료 조직이기는 해도 마법부는 딕토그래프부터 티커테이프 (과거 증권 시장에서 주가를 알려 주던 종이테이프—옮긴이) 기계까지 온 갖 종류의 엉뚱한 장치를 구비해 놓고 있다. 1900년대 초반에는 미래 지향적인 디자인이었지만 오늘날의 관객에게는 구닥다리로 보이는 진공청소기도 눈에 띈다. 소품 모형 제작자 피에르 보해나는 "이 영 화를 위해 티커테이프 기계만 100대를 제작했어요. 리본 길이의 티 커테이프가 서로 다른 부서 사이를 날아다니며 이 기계를 통해 송수 신되죠"라고 설명한다. 그뿐 아니라 딕토그래프는 수신되는 내용을 마법 깃펜으로 메모하며 끊임없이 양피지를 출력해 낸다. 아무리 마 법 세계라 해도 정부 조직은 관료적인 기록 방식에 의존하는 모습을 보인다.

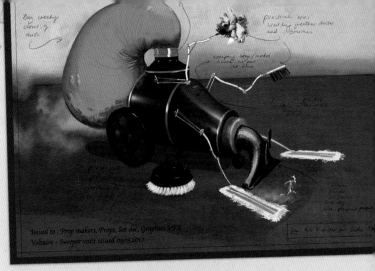

딕토그래프

마법부의 딕토그래프를 비롯해 화면에 비치는 대부분의 소품과 물 체는 주형법으로 주조되었다. 모형 제작 팀에서는 3D 프린터를 활용 했다. "물체나 소품의 도안이 완성되면 그걸 바탕으로 패턴을 제작 해요. 그럼 우리가 그 패턴을 딱딱한 물체로 만들죠." 모형 제작 감독 스티브 워더스푼의 설명이다. 모형 제작 팀은 소리를 수집하고 전달 하는 통신 기기인 딕토그래프 외에도 구슬에서부터 산더미처럼 쌓 인 프랑스 사탕에 이르기까지 온갖 것들을 복제해 냈다.

청소기

원래는 애덤 브록뱅크가 〈해리 포터〉 영화에 쓰려고 디자인한 소품 으로, 실제로 제작되지는 않았다. 이번 영화 촬영을 위해 디자인 팀은 브록뱅크의 초기 아이디어에 1950년대 후버 진공청소기 부품(심지어 망가진 것까지)을 결합시켰다. 영화의 배경이 되는 시대의 제품은 아 니지만 오늘날 관객들의 눈에는 충분히 예전 물건으로 보인다. 디자 인 과정에서 피에르 보해나의 아이디어로 깃털 먼지떨이를 부착했는 데, 청소기가 빨아들이는 것 못지않게 많은 먼지를 뿜어내게 하자는 세트 장식가 애나 피녹의 재치 있는 제안도 받아들여졌다.

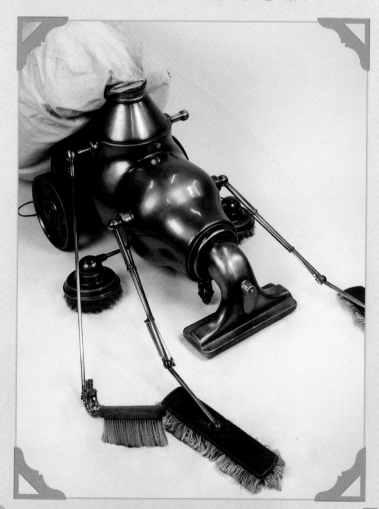

소개합니다
거나르 그림슨

◦◦◦◦◦

"그림슨은 뉴트의 천적이에요." – 배우 에디 레드메인

그림슨의 지팡이

낡았지만 길이 잘 든 그림슨의 지팡이는 오랜 세월 열심히 일해 왔다. 그의 지팡이는 동물을 추적해서 사냥하는 일에도 쓰이지만, 다른 마법사들처럼 주문을 발사하는 데도 사용된다. 특히 프로테고 주문은 주변을 배회하는 마법 동물(혹은 적대감을 품은 마법사)이 돌진해 올 때 방어막을 형성해 줘 효과적이다.

잉그바 시귀르드손이 연기한 그림슨은 마법부가 크레덴스를 추적하기 위해 고용한 악랄하지만 실력 있는 동물 사냥꾼이다. 그림슨은 크레덴스를 바짝 뒤쫓으며 그의 정체를 밝혀 줄 인물을 살해하고, 그 바람에 도움을 청할 곳이 없어진 크레덴스는 그린델왈드의 사악한 음모에 넘어가고 만다.

그림슨은 뉴트의 흉악한 쌍둥이다. 뉴트가 동물들을 보호하고 세상에 알리기 위해 책을 집필한다면, 그림슨은 그들을 죽이기 위해 추적한다. 그에게 동물이란 예측 불가능한 행동으로 마법 세계를 인간들에게 노출시킬 수 있는 위협일 뿐이다. 에디 레드메인에 따르면 "두 사람은 서로 정반대의 캐릭터라 결국 정면으로 부딪"친다. 두 사람의 숨겨진 과거가 전부 드러나지는 않지만, 그들이 전 세계 오지에서 마법 동물을 찾아내는 데 선수라는 사실만은 알 수 있다. 그림슨 역시 뉴트처럼 여러 장비를 갖추고 다니는데, 치료가 아닌 사냥과 포획을 위한 도구라는 점이 다르다.

뉴트와 거나르 그림슨(잉그바 시귀르드손).

소개합니다
리타 레스트랭

"첫 편을 보면서 내가 저 마법 세계에 들어가게 된다고
생각하니 흥분됐어요." — 배우 조 크래비츠

위풍당당한 레스트랭 가문의 순수 혈통 마법사 리타는 그 이름만으
로도 이미 유명하다. 데이비드 헤이먼은 이렇게 설명한다. "레스트랭
이라는 성만 들어도 사람들은 많은 것을 기대하고 연상해요. 리타는
그런 것들을 감당하며 살아야 하죠. 그녀에게도 어두운 면이 있고, 엇
나가는 마음에 나쁜 행동들을 하기도 했죠. 하지만 그것만으로 그녀
를 정의할 수는 없어요. 한편으로는 품위 있는 사람이기도 하고 ……
훌륭한 자질을 많이 갖추고 있어요. 남들이 기대하는 모습과 자신의
진짜 모습 사이에서 힘든 싸움을 하죠."

조 크래비츠는 〈해리 포터〉 시리즈에서 헬레나 보넘 카터가 맡
은 잔혹한 어둠의 마법사 벨라트릭스를 통해 레스트랭 가문에 대해
이미 알고 있었다. (팬들도 볼드모트의 가장 충성스럽고 악랄한 부하를 기
억할 것이다.) "저는 이 (레스트랭) 가문이 앞으로 어떻게 되고, 순수 혈
통이라는 게 어떤 의미인지 이미 잘 알잖아요. …… 제가 이해한 리타
는 중간에 끼어 있는 사람이에요. …… 자신이 선과 악 중 어디에 속
하는지 확신하지 못하죠. 아마 그 중간 어디쯤일 거예요. 리타는 아주
복잡한 사람인데, 생각해 보면 인간은 누구나 그렇잖아요. 그런 면에
서 캐릭터를 전개해 나가는 게 재미있었어요."

영화가 진행되면서 비극적인 캐릭터 리타가 간직하고 있는 비

집회장의 그린델왈드와 리타.

밀, 남동생 코르버스가 어느 날 갑자기 실종되었다는 사실이 드러난다.
리타는 평생 죄책감과 가족의 기대 속에서 엄청난 압박감을 느끼며 살
아간다. 크래비츠는 "리타 같은 정신 상태로 살고 싶은 사람은 없을" 것
이라면서 다음과 같이 말한다. "어마어마한 죄책감과 자기혐오에 사로
잡혀 있어요. 그런 인물을 연기하려면 제 안에서 그 감정을 찾아야 하
죠. …… 리타라는 여자가 살아가고 있는 불편함 속에 저 자신을 앉혀 놔
야만 해요. 영화 촬영 동안 그 안에 살짝 발을 디디는 것만으로도 제겐
아주 강렬한 경험이 되었어요." 리타의 약혼자이자 뉴트의 형인 테세우
스 역의 칼럼 터너는 "조가 리타라는 캐릭터에 엄청난 깊이를 더했어요.
…… 어떤 면에서 이 영화의 심장과도 같은 역할을 해 줬죠. 그것도 별거
아니라는 듯 너무 쉽게요. 지켜보는 것만으로도 감탄스러웠어요"라며
그녀를 칭찬했다. 테세우스는 리타가 호그와트 재학 시절에 가깝게 지
낸 뉴트와는 전혀 다른, 능력 있고 자신감 넘치는 동반자다. 리타와 뉴트
는 둘 다 학교에서 아웃사이더라는 공통점으로 친밀하게 지냈던 과거를
공유한다. 크래비츠는 또 다른 이유도 찾아낸다. "뉴트는 리타 안에 있
는 어떤 동물, 그녀의 표현을 빌리자면 '괴물'을 보지만 그런 모습을 바
꾸려 하지 않고 있는 그대로 사랑해요." 리타가 괴짜 동생을 비롯한 타

인의 장점만을 보는 테세우스와 약혼한 뒤에도, 뉴트는 여전히 그녀에게 특별한 감정을 가진다. 전편에서 퀴니는 뉴트의 오두막 안에서 리타의 사진을 보고 레질리먼시 능력으로 그의 마음을 읽고는, 리타가 그들의 관계에서 '주는 사람'이 아니라 '받는 사람'이라고 단언한다. 하지만 퀴니의 이러한 말도, 호그와트 시절 알았던 한 소녀를 향한 뉴트의 다정함을 사그라뜨리지는 못한다.

리타는 끊임없이 번민한다. 자신의 선택과 행동이 자기 자신은 물론이고 사랑하는 이들에게 엄청난 결과를 초래할 수 있다는 사실을 알기 때문이다. 크래비츠는 이렇게 덧붙인다. "관객들이 리타를 어떻게 받아들일지 궁금해요. …… 예이츠 감독은 아마 밝음과 어둠 사이의 균형을 찾겠다며 아주 신나게 고민하고 있을 거예요." 복잡 미묘한 여자 마법사 캐릭터를 연기하기 위해 크래비츠가 겪었던 과정과는 아마도 조금 다른 숙제일 것이다.

리타 레스트랭의 지팡이

"우리가 실제로 마법을 부리지는 않지만, 다들 워낙 이야기에 몰입하다 보니 때로는 진짜처럼 느껴져요." — 배우 조 크래비츠

리타의 지팡이는 캐릭터의 연장선에 있는 것처럼 주인을 닮아 우아하고 대담하다. 손잡이 부분에 은으로 된 돋을무늬 장식을 두른 흑단 지팡이는 순혈 귀족 혈통에 완벽하게 어울리는 분위기를 뽐낸다. 크래비츠는 "리타한테 딱 맞는 지팡이예요"라고 하면서도 본심을 털어놓았다. "티나의 지팡이도 괜찮더라고요. …… 뉴트의 지팡이는 마음에 쏙 들고요. 제가 지팡이 욕심이 많아서요. 하지만 리타의 지팡이도 아주 근사해요."

소개합니다
테세우스 스캐맨더

"이 영화에 합류하는 것 자체가 제게는 진짜 여행이었어요." ― 배우 칼럼 터너

칼럼 터너가 전 세계 수많은 아이와 마찬가지로 《해리 포터와 마법사의 돌》을 읽은 건 열 살 때의 일로, 그때부터 그는 아침에 눈을 뜨면 부엉이가 물고 온 호그와트 입학 통지서를 받기를 꿈꾸며 잠들었다. 결국 통지서는 못 받았지만 그로부터 20년 후, 터너는 뉴트의 형 테세우스 스캐맨더 역에 낙점됐다는 전화를 받았다. 두 세계가 충돌하는 순간이었다.

영국 마법부 오러국 국장 테세우스는 호그와트에서 퇴학당한 후 마법동물학자가 된 괴짜 동생과 달리 제도권 안에 있는 사람이다. 터너는 "테세우스가 (마법부에 들어가) 선한 싸움에 뛰어든 반면, 뉴트는 저항 세력에 속해 있죠"라고 두 형제의 차이점을 설명한다. 두 사람은 같은 편이지만 지극히 상반된 형태로 싸움에 참여한다. 이처럼 중요한 부분에서 의견을 달리해도, 형제가 서로를 아끼는 것만은 확실하다. 테세우스가 뉴트보다 좀 더 자신만만하고 당당하지만, 두 사람 모두 인정이 넘치는 심성의 소유자다.

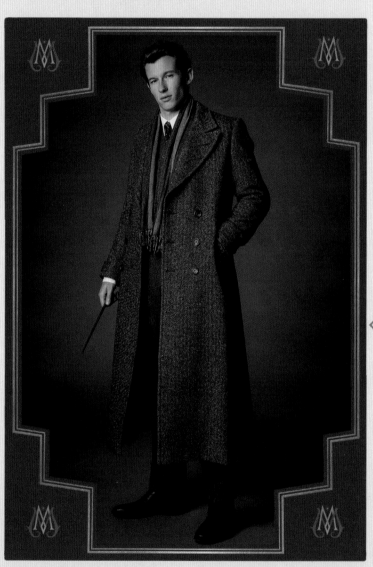

프랑스 마법부에서 함께 시간을 보내는 테세우스와 리타.

실제로는 형제가 없는 데다가 에디 레드메인보다 나이도 어려서 터너로서는 뉴트의 형을 연기하는 일이 쉽지만은 않았다. 레드메인과 고향이 같다는 점이 여러모로 도움이 되었다. "우연히도 둘 다 첼시 출신이더라고요. …… 어릴 때 살던 집이 알고 보니 걸어서 10분 거리고…… 같은 수영장에서 수영을 배웠고, 뭐 그런 식이에요. 서로의 기억이 겹치는 장소들이 있더라고요." 추억을 공유하며 자연스럽게 친해진 두 사람은 촬영을 시작할 즈음에는 일종의 동지애를 나누는 사이가 되었다. 영화 속의 테세우스는 형으로서 자연스럽게 뉴트를 보살핀다.

VALIDATED BY:

MINISTRY OFFICIAL No. 48524

터너는 촬영을 겨우 3주 앞두고 시나리오를 손에 쥐었다. 리허설에 들어갈 때쯤에는 테세우스가 어떤 인물인지 파악이 됐지만, 역할에 익숙해지기까지는 시간이 더 필요했다. 의상과 지팡이가 큰 도움이 됐다. 그는 "저는 그런 멋은 못 부려요"라고 농담하며 평소 그의 스타일과 테세우스 캐릭터가 전혀 다르다는 점을 인정했다. 테세우스는 발목을 드러내는 바지처럼 최신 유행을 따르기도 하지만, 기본적으로 꼼꼼한 성격을 반영하는 의상을 입는다. 완벽한 각도로 꽂혀 있는 양복 상의 손수건만 봐도 그가 얼마나 철저하고 패션 감각 있는 남자인지 알 수 있다.

영화 촬영 과정 전반에 관해 터너는 "제작자와 감독, 작가, 배우, 제작진 할 것 없이 영화에 참여한 모두가 같은 곳을 바라보며 나아가요. 중요한 건 나 자신이 아니니까 누구도 소유권을 주장하지 않죠. 나는 하나의 톱니일 뿐이고, 전체가 개인보다 훨씬 크다는 사실을 모두 알고 있어요. 그래서 다른 누구 못지않게 각자의 자리가 소중하고 중요하죠"라고 말한다. 테세우스라면 마법부와 가족에 대해 같은 이야기를 할 것이다.

몸을 숨기는 뉴트와 테세우스.

《신비한 동물 사전》 출간 기념식에 참석한
뉴트와 번티, 리타, 테세우스.

테세우스 스캐맨더의 지팡이

테세우스의 지팡이는 주인만큼이나 모든 면에서 세련미가 돋보인다. 콘셉트 아티스트 몰리 솔은 "거북딱지로 만들었어요. 성공한 남자에게 어울리는 아주 우아한 재료죠. 영리하고 말끔한 그의 성격과도 잘 맞아떨어져요"라고 설명한다. 하지만 지팡이 휘두르는 요령을 습득하는 일은 쉽지 않았다. "저는 지팡이와 불안정한 관계를 이어왔어요. 솔직히 말하자면 첫날부터 지팡이를 부러뜨렸죠"라고 터너는 고백한다.

THEATRE 20

DAILY HI
ITAIN'S NO 2 FEATURES
OR DAILY EVERY
TRODUCING DAY
ALL SEATS RESERVED

도시 건설

"진짜 건축 자재와 금속, 못으로 만들어서 완벽하게 제 기능을 하며 작동하는
시설물과 세트 들이에요. 촬영 후에도 철거하지 않아요. 화면에 단 30초만 비치고
끝나더라도 앞으로 몇 년은 건재할 거예요." — 미술 감독 마틴 폴리

세인트폴대성당 돔 지붕의
뉴트와 덤블도어.

런던 트래펄가 광장 콘셉트 아트.

"우리도 현장에서 촬영하고 싶어요." 미술 감독 마
틴 폴리는 말한다. 하지만 수많은 단역 배우와 복잡
한 액션, 다양한 특수 효과가 어우러지는 대규모 영
화에서는 불가능에 가까운 이야기다. 폴리는 "진정
성을 얻기 위해서는 상황을 통제할 필요가 있"다고
말한다. 여기서 상황을 통제한다는 건, 스튜디오 세
트장 위에 런던을 통째로 건설한다는 뜻이다. 미술
팀은 필요할 때마다 자신들만의 런던(혹은 파리나 뉴
욕)을 만들어 내고, 건축물에 환상적인 성격을 불어
넣는다. 또한 기존의 세트에 새로운 요소를 추가하
기도, 새로운 환경을 창조하기도 한다. 팬들에게 이
미 익숙한 장소인 마법부에서는 뉴트의 청문회 장
면을 위해 특수 제작된 방이 새롭게 공개된다.

총 100개의 세트에서 20여 주 안에 촬영을 마
쳐야 하기 때문에 미술 팀은 쉴 새 없이 돌아갔다.
콘셉트 디자인은 스튜어트 크레이그가 연필로 그

덤블도어는 그린델왈드가 크레덴스를 추적 중이라고 염려하며, 크레덴스가 파리에 있다는 사실을 뉴트에게 알려 준다.

리는 스케치에서부터 시작된다. 그걸 바탕으로 "흰 판지 모형을 만들면 스튜어트가 다시 손을 본다"는 게 폴리의 설명이다. 강철과 유리로 된 프랑스 마법부 건물처럼 보다 복잡하고 기술적인 건축물은 디지털 모형을 만들거나 3D 디자인으로 실물 모형을 만든다. 폴리는 "콘셉트 아티스트가 3D나 VR(가상현실)로 모형을 만들면, 시각적으로 그 세트 안에 들어가서 더 좋은 아이디어를 얻을 수 있"다고 말한다. "예전에는 우리가 밑그림을 그려서 시각 효과 팀에 보내면 그쪽에서 3D 모델을 만들어 확장시켰어요. 이제는 두 팀이 훨씬 긴밀하게 일하죠." 요즘은 콘셉트 아티스트가 바로 3D 모델을 만들어 정교하게 수정한 다음 VFX 팀으로 넘길 수 있다. 디자인의 주요 골자가 결정되면 선임 미술 감독들이 세부 항목을 나눈다. "그런 다음 세트 제작 팀이 넘겨받아 도안을 바탕으로 실물을 만들어요. 실력 있는 석고 기술

묘지 안의 나선형 통로.

자와 목수, 도장공, 비계 장치 전문가, 조각가, 무대 예술가 300명으로 구성된 팀이죠." 역시 폴리의 설명이다.

현장에서 촬영된 신도 하나 있었는데, 파리의 페르 라셰즈 공동 묘지 장면이다. 실제로는 런던의 하이게이트 묘지에서 촬영한 이 신을 폴리는 다음과 같이 회상한다. "하이게이트에 가서 며칠 밤 동안 성공적으로 촬영했죠. 현장에 나가니까 기분이 좋아져서 제작진도 즐겁게 일했어요." 하지만 빗줄기와 기상 악화 때문에 촬영 팀은 결국 실내로 돌아와야 했다. 그리 간단한 일은 아니었다. 리브스덴의 가장 큰 스튜디오에 정교하게 건설한 원형 극장 근처에 공동묘지와 가족묘를 다시 만들어야 했기 때문이다. 페르 라셰즈 공동묘지 신이 런

던의 하이게이트 묘지를 거쳐 리브스덴으로 돌아온 것과 달리, 파리의 길거리 대부분은 〈신비한 동물사전〉에서 사용된 뉴욕 세트가 재활용되었다. 런던을 대표하는 유명 건축물들은 세트장에 직접 건설되거나 디지털 기술과 특수 효과로 완성되었다.

데이비드 예이츠 감독과 촬영 신을
논의하는 에디 레드메인.

소품 제작 팀

프랑스제 지팡이 상자들.

덤블도어의 감시 장치들.

"이런 영화에서는 다른 데서 구하거나 살 수 없는 물품이 필요하면 직접 만들어야 해요. 그때가 바로 우리 소품 제작 팀이 나설 차례죠." — 소품 제작자 피에르 보해나

소품 제작 팀은 솥단지 손잡이에서 서커스 묘기용 가방까지 다양한 마법 세계의 소품을 상상해 내기 위해 세트 장식 팀 및 미술 팀과 긴밀히 협력한다. 〈해리 포터〉 때도 그랬지만 〈신비한 동물〉 시리즈도 대규모 예산이 투입된 블록버스터 영화답지 않게 실감 나는 소품에 의지한다. 세트에 현실성이 있을수록 배우들이 소품이나 주변 환경과 자연스럽게 상호작용하면서 화면에 생동감이 흐르고, 하늘을 나는 빗자루나 전설 속 동물 같은 마법 요소들에도 어느 정도의 현실감이 부여된다. 관객에게 처음 소개되는 파리의 아르카누스 서커스단에서는 다양한 마법 동물이 뛰어놀고, 갖가지 동물 모양을 한 마법 양철 피리가 등장하는 등 신비로운 일들이 수없이 펼쳐진다.

　이러한 현실주의적 접근은 아주 세밀한 부분에까지 적용된다. 1927년도 파리를 재현한 소품 제작 팀은 작은 나사못 하나까지 당시의 모습과 분위기로 만들어 내는 것을 목표로 삼았다. 소품 모형 제작자 에밀리 빅은 "그 시대에 어떤 물건들이 발명됐는지 좀 더 깊이 생각해 봐야 했"다고 말한다. 1920년대에는 납작한 나사밖에 없었기 때문에 소품 팀은 여러 물품을 제작할 때 그런 사실을 의식해야 했다. 여행 가방 역시 여러모로 고려된 소품이다. "당시에는 여행 가방을 주로 압축 판지나 가죽으로 만들었어요. 그래서 주형틀을 만들어 주조할 때 그런 느낌을 내려고 노력했죠. …… 결국 시트 왁스를 이용해 가죽이나 압축 판지 같은 질감을 표현했어요." 빅은 퀴니의 여행 가방과, 장면에 따라 유형별로 사용된 뉴트의 가방 여러 개를 만들었다. (예를 들어 추격 신을 찍을 때는 딱딱하지 않은 부드럽고 가벼운 가방이 사용되었다.) 퀴니의 여행 가방 내부는 두 가지 유형으로 제작되었는데, 하나는 화장품 주머니가 여러 개 있는 형태고 다른 하나는 퀴니의 패션 감각과 여성성을 드러내는 좀 더 화려한 모습이다. 반면에 뉴트의 가방은 군데군데 벗겨지고 너덜너덜하며 닳아 빠졌다. 눈썰미가 좋은 관객이라면 뉴트의 가방이 전편과 달라졌음을 눈치챌 것이다. 가방은 전보다 더 낡아 보일 뿐 아니라 측면에 비밀 주머니가 하나 생겼다. "그 부분은 일급비밀이에요." 빅은 이렇게 강조했다. 소품 제작 팀은 그 밖에도 수많은 여행 가방을 제작했는데, 대부분 스턴트 장면에 사용되었다. 빅은 이렇게 설명한다. "어떤 스턴트 가방은 스펀지로 만들어져서 아주 푹신해요. 사람 머리를 후려쳐도 괜찮을 정도죠. 어떤 건 꽤 단단해서 사람이 밟고 올라설 수도 있고요. 어떤 장면이냐에 따라 다르죠. 스턴트가 이걸 던져야 하는 상황이면 가벼우면서도 휙 열리지 않는 가방이 필요해요. 애니메트로닉(원격 조작에 의해 움직이는 로봇 장치—옮긴이) 가방이 필요할 수도 있고요." 전편에서도 자동으로 열리는 가방 등 몇 개의 애니메트로닉 가방이 사용됐다.

소품 제작 팀은 몇 개의 세부 그룹으로 나뉜다. 모형 제작자와 채색가 밑에 수많은 실습생이 달라붙어 있는 구조다. 영화에 등장하는 모든 소품은 조립 라인을 타고 내려가면서 숙련되고 재능 있는 아티스트들의 손을 거친다. 소품 하나가 완성된 형태를 갖출 때쯤에는 모든 팀원, 아니면 적어도 소품 제작 팀 내 모든 소그룹의 손을 거쳤다고 할 수 있다. 소품 제작 과정은 품목마다 다르다. 콘셉트 아티스트 몰리 솔은 이렇게 설명한다. "때로는 몇 가지 아이디어로 실물 모형을 만들어서 프로덕션 디자이너인 스튜어트 크레이그에게 보여 주고, 그 디자인에서 어떤 방향을 취할지 함께 논의해요. 어떤 때는 스튜어트가 완전히 다른 접근을 제안해서, 기존 아이디어를 버리고 그의 의견대로 작업하죠. 그냥 어딘가에서 소품을 찾아낼 때도 있고요." 예를 들어 그린델왈드의 해골 파이프는 크레이그가 발견한 소품으로, 턱을 부러뜨리고 여러 효과를 더해서 더욱 사악하고, 기분 나쁘고, 위험해 보이도록 다듬어졌다. 덤블도어의 어둠의 마법 방어술 교실에 있는 거대한 달을 제작할 때는 먼저 금속 에칭으로 분화구와 선 같은 세부 장식을 넣었다. 그런 다음 금속 위에 산을 첨가한 페인트 베이스를 수작업으로 칠해, 산이 페인트를 제외한 모든 것을 부식시켜서 달 표

서커스 천막 콘셉트 아트 렌더링.

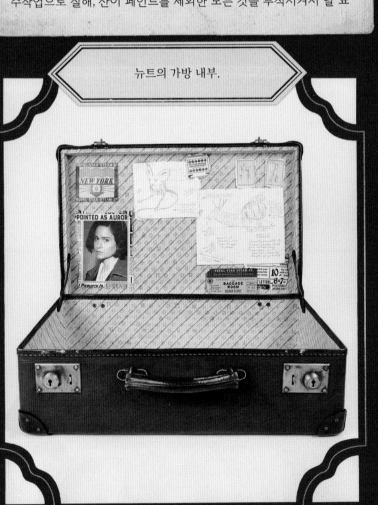

뉴트의 가방 내부.

면에 울퉁불퉁한 무늬를 남기도록 했다. 덤블도어 역을 연기한 배우 주드 로는 감탄을 숨기지 못했다. "이렇게 거대한 현장에서 일하는 건 처음이에요. 웅장한 세트 안에 온갖 생물을 비롯한 모든 것이 있는데, 이런 것들이 연기하는 데 도움이 많이 돼요. 진짜 교실처럼 보이려고 세부 장식과 소품까지 갖은 노력을 들인 공간에 들어가 있으면 상상력을 펼치기가 아주 쉬워지죠." 로에 따르면 배경까지 그림을 그려 놔서 교실 창밖으로 어떤 풍경이 펼쳐지는지도 볼 수 있었다고 한다. 이런 세밀한 손길은 배우가 장면 안에서 자신의 모습을 시각화하는 데 분명한 도움을 주었다.

소품 제작 팀이 손수 만든 소품은 모든 장면과 세트에서 발견된다. 빅은 이렇게 말한다. "우리 팀은 한 번에 한 가지 일만 하지 않아요. 프로젝트 하나에도 여러 부분이 연관돼 있고, 수많은 팀원의 노력이 들어가죠. …… 모든 게 팀 작업이에요. 한 사람이 하나의 소품을 혼자서 끝내는 일은 없죠." 어둠의 마법 방어술 교실에 있는 덤블도어의 거대한 망원경을 만드는 일부터 파리의 신문 가판대가 현실감이 있는지, 그 시대에 맞게 도색되었는지 확인하는 일까지 도맡아 처리하는 소품 제작 팀의 작업은 그야말로 경이로운 세상 그 자체다.

뉴트 스캐맨더의 세계

ROYAL STAR

NEW YORK

ROYAL STAR STEAM C̲O̲

8 The witch who charmed the chimney sweep

10 My roma with a no-magic

READERS' LETTERS 6 & 7

Secrets POLYJUICE MISHAPS

Eye drops for Mooncalf. 3 drops / Nightly.

Don't forget to feed the Niffler!!

"뉴트는 용감하고 열정적이면서 영리해요."
— 배우 에디 레드메인

뉴트의 삶은 마법 동물들을 중심으로 돌아간다. 어머니가 히포그리프 사육자였기 때문에, 어린 시절부터 동물들과 지내는 일에 자연스럽게 익숙해졌을 것으로 보인다. 호그와트 재학 중에는 다친 새끼 까마귀를 돌봐 주었고, 성인이 되어서는 런던 남부에 위치한 자택 지하에 구조된 동물들의 보금자리를 마련한다. 에디 레드메인은 "아마 유전인 것 같아요"라고 자신의 생각을 밝혔다.

뉴트는 자연에서 발생하는 어떤 일도 비정상이 아니라고 믿는다. 자연은 그 자체로 가장 본질적인 것이기 때문이다. 레드메인은 이렇게 설명한다. "뉴트는 마법 동물들이 오해 받고 있다고 생각해요. 실제로 그 안에 들어가 그들의 존재 방식과 서식지, 행동 양식 등을 이해하면 그로부터 많은 교훈을 얻을 수 있다고 믿죠." 이러한 동물 보호 정신과 다른 종을 보살피고, 지키고, 관찰하는 행동은 그의 가장 밑바탕에 있는 동정심과 공감 능력을 드러낸다. 제작자 데이비드 헤이먼은 여기에 약간의 통찰력을 더한다. "저는 우리 영화 제목 속의 동물이 그냥 동물만을 의미하는 건 아니라고 생각해요. 이 영화는 우리 안에 있는 짐승도 함께 다루고 있어요."

N̲o̲ 2̲8̲ Polis Vencfer

뉴트 스캐맨더

"이제 뉴트는 아주 다른 상황에 직면해요. 첫 편과는 다른 방식으로 도전을 받죠."
— 감독 데이비드 예이츠

뉴트 스캐맨더는 전형적인 영웅은 아니다. 사회성이 떨어져서 남들과 잘 어울리지도 못한다. "그렇다고 만만한 사람은 아니에요. 제가 그래서 뉴트를 좋아하죠. 만만치 않거든요." 에디 레드메인의 고백이다. 자기 자신뿐 아니라 주변 사람의 삶까지 불안하고 불편하게 만들지라도, 뉴트는 자신의 본모습을 감추지 않는다. 레드메인이 말을 이었다. "뉴트는 남의 비위를 맞추려 하지 않아요. 이번 영화에서 그는 덤블도어와 함께 등장해요. …… 두 사람은 훌륭한 스승과 제자 관계죠. 덤블도어는 뉴트의 독특함을 꿰뚫어 보았을 거예요. 가식이라고는 없는 그의 진정성과 '정상인'이라면 어떠해야 한다는 개념을 거부하는 모습을요." 뉴트는 이 시리즈의 첫 편에서 친구를 사귄다. 티나 골드스틴과 그녀의 동생 퀴니, 그리고 제이콥 코왈스키다. 세 사람은 저마다 다른 모습을 한 아웃사이더로, 각자만의 내면의 악령과 싸운다. 레드메인은 "그들은 서로 관계를 맺으며 스스로를 성장시키고, 행복과 사랑과 만족으로 가는 길에 발을 들여놔요"라고 말한다. 〈그린델왈드의 범죄〉에서는 이 캐릭터들의 관계가 더욱 진화하는 모습을 볼 수 있다.

지난 촬영 이후로 1년의 공백이 있었지만 레드메인은 자신의 캐릭터로 돌아오는 데 아무런 문제도 없었다고 말한다. "J.K. 롤링의 영화에는 정말 신기한 구석이 있어요. 여운이 길어서 완전히 벗어날 수가 없거든요. 캐릭터가 제 안에서 타오르는 느낌이랄까요. 그렇게 남은 뉴트의 잔불과 함께 저의 캐릭터로 돌아갔죠. 예전에 함께했던 팀

과 다시 만나서요." 물론 이 영화에서 모든 사건은 그린델왈드의 위협을 중심으로 돌아가지만, 뉴트의 여정도 그에 못지않게 중요하다. 순수 혈통의 승리를 믿는 그린델왈드는 마법사들을 그늘에서 끌어내 비마법 공동체를 지배하려 한다. 두 사람은 각기 다른 목적으로 크레덴스를 찾아 나서고, 뉴트는 결국 악의 소굴로 흘러 들어가 친구들과 함께 그린델왈드를 상대하게 된다. "조(J.K. 롤링)는 멋진 캐릭터들을 만든 다음 그들을 아주 복잡한 상황에 집어넣고 스스로 헤쳐 나가도록 만들어요. 그들은 정의를 위해 싸우고, 신념을 위해 투쟁하고, 이런저런 선택을 하죠. 저는 이 영화를 뭐든지 혼자 해내던 뉴트가 결단을 하고 타인과 팀을 이루는 과정으로 보고 있어요." 레드메인의 말처럼 태생적으로 외로운 늑대였던 뉴트는 무리를 이루는 법을 배워 나간다.

베스트셀러가 된 뉴트의 저서
《신비한 동물 사전》.

뉴트의 스타일

"J.K. 롤링의 각본에는 다양성과 역동성이 가득해요. 여러 가지 톤이 어우러져 있죠."
— 배우 에디 레드메인

뉴트의 외모는 예전 그대로지만 의상은 전편보다 도회적이고 세련되게 변한다. 큰 성공을 거둔 신인 작가답게 좀 더 어른스러운 옷을 입게 된 것이다. 의상 디자이너 콜린 애트우드는 "단단했던 껍질이 조금 유연해졌"다고 그의 변화를 지적한다. 복장 역시 이에 발맞춰 부드럽고 느슨하게 디자인되었다. 또한 뉴트 스캐맨더를 연기할 때는 신체 언어가 핵심이기 때문에 외관상 보이지 않는 몇몇 부위의 솔기에 신축성 있는 천을 댔다. "괴상하게 몸을 구부리거나 동물을 들어 올릴 때 의상이 너무 꽉 끼어서 순간 멈칫하면 안 되니까요"라고 애트우드는 설명한다.

특징적인 신체 언어는 각본 단계부터 설정된 부분이다. J.K. 롤링은 첫 편의 각본에 뉴트의 걸음걸이가 독특하다고 명시했는데, 레드메인에 따르면 "버스터 키튼(1920년대 미국 무성 영화 배우—옮긴이) 같은 면이 있다". 키튼은 몸을 독특하게 사용한 배우로, 이런 방향성은 레드메인에게 큰 도움이 되었다. 뉴트가 폴리주스 마법약을 마시고 자신의 형으로 '변하는' 장면에서 레드메인은 칼럼 터너가 연기한 테세우스의 걸음걸이와 움직임을 자연스럽게 흉내 낸다. 동물들과 함께하는 장면에서도 레드메인은 독특한 신체 언어를 사용한다. 뉴트는 마법 동물들과 끊임없이 교감하는데, 그중 몇몇도 뉴트 못지않게 몸동작이 괴상하다. 레드메인은 뉴트의 일면을 표현하기 위해 이런 동물들의 동작을 그대로 따라 했다.

멋진 모습으로 프랑스 거리를
활보하는 뉴트.

뉴트와 티나

"티나와 뉴트는 둘 다 아웃사이더이고, 누굴 만나자마자 바로 친해지는 성격이 아니에요. 그런 점이 마음에 들어요." — 배우 에디 레드메인

Dear Aunt,

Sorry it has taken me a while to write. I hope you and all your travelling companions had a safe journey back to England, and that there were no accidental case switches along the way. Work at Macusa is hectic, clean up from the subway incident is more widespread than imagined. We are working around the clock to make sure all memory of the event is erased. I have been reinstated as an auror. So how have you been? How are you keeping after recent events?

I can't help but think of the loss of Credence from time to time, but at least for now we have Grindelwald safely in our custody where he can do no more harm.

Hope to hear from you soon.

Take care of yourself.

Tina

위: 프랑스 마법부에 간
뉴트와 티나(캐서린 워터스턴).

뉴트와 티나의 관계는…… 복잡하다. 레드메인도 인정한다. "쉬운 관계는 아니죠. 두 아웃사이더가 협력하다가 지난 편이 끝날 때쯤에서야 서로를 발견하고 마음이 통하게 되었으니까요." 하지만 두 사람의 관계는 이번 영화의 시작에서부터 심하게 어긋난다. 부분적으로는 영국 마법부가 뉴트의 여행 허가서 발급을 보류했기 때문이다. "뉴트가 바라는 건 그저 뉴욕에 돌아가 티나에게 자신의 책을 주면서 그녀를 다시 보는 것"이라고 레드메인은 설명한다. 물론 뉴트의 발이 묶인 건 난처한 일이지만, 이들의 더 큰 문제는 따로 있다.

뉴트와 티나는 편지를 주고받는데, 마법부와 관료 사회의 속성에 관한 의견을 나누던 차에 티나의 편지가 끊긴다. 뉴트는 자신이 오러들을 가혹하게 비판한 탓에 오러인 티나의 심기를 건드렸다고 생각하지만, 문제는 보다 심각하다. 티나가 마법사 타블로이드 잡지에서 뉴트와 리타 레스트랭이 약혼했다는 기사를 본 것이다. 티나는 배신감에 마음 아파하며 모든 연락을 끊고, 동료 오러인 아킬레스 톨리버와 만나기 시작한다.

이 타블로이드 기사는 엄청난 파문을 일으킨다. 리타는 사실 뉴트의 형 테세우스와 결혼을 약속한 사이기 때문이다. 레드메인은 이렇게 설명한다. "영화의 상당 부분은 계속해서 엇갈리다가 결국 서로를 발견하게 되는 두 사람에 관한 이야기예요. 재미있는 건, 처음엔 불화 속에서 시작하지만 무의식적으로 손발이 아주 잘 맞는다는 거예요. …… 두 사람은 말을 통하지 않고 거의 직감적으로 서로를 알아봐요." 뉴트와 티나는 둘 다 사교성이 떨어지고 내성적이지만 예리한

직관력을 발휘하며, 함께 위기에 처했을 때 최고의 팀워크를 보인다. 티나를 연기한 캐서린 워터스턴도 이에 동의한다. "두 사람 다 약간 어색하고 수줍음 많은 성격이지만 중대하고 위험한 상황에는 기가 막히게 대처해요. 위기가 닥치면 생각이 흐려지는 사람들이 있지만, 이 둘은 그 반대죠." 이런 똑 부러진 면을 그들 자신의 관계에도 적용할 수 있다면 더할 나위 없이 좋을 것이다.

마법 세계에도 자극적인 타블로이드 매체가 존재한다. 《스펠바운드》는 리타 레스트랭이 뉴트 스캐맨더와 결혼을 앞두고 있다고 잘못 보도한다. 이 기사를 본 티나 골드스틴은 배신감을 느끼고, 관객은 정직한 언론의 필요성을 다시 한 번 실감한다.

M.A.C.U.S.A
SENSATIONAL INCANTATIONS FOR YOUR DELECTATION!
WIZARD
ENQUIRER
EXCLUSIVE STORY
'CREATURE TEACHER'
NEWT TO TIE THE KNOT
BACHELOR NO MORE? MAVERICK MAGIZOOLOGIST IS ENGAGED TO WIZARDING NOBILITY!
STORY ON PAGE 4
NEXT WEEK
SENSATIONAL I ACCIO'D MY OWN FEET!
LATEST!
CROCODILE BILE CAN MAKE YOU FAT!

뉴트의 집

뉴트가 사는 런던 동네 콘셉트 아트.

에디 레드메인의 이야기를 들어 보자. "데이비드 헤이먼과 조, 스튜어트 크레이그와 여러 가지를 의논했는데, 그중 하나가 '과연 뉴트가 자기 아파트에서 잠을 잘까?'였어요. 저는 그럴 것 같지 않았어요. 집에 있기보다는 정글이나 야생을 탐험하는 시간이 더 긴 사람이니까요. 지난 1년간은 《신비한 동물 사전》을 집필하기 위해 가방 밖에서 정보를 수집했을 테고요." 이런 고민 끝에 런던 남부에 있는 삭막하기 그지없는 아파트가 탄생했다. 관객들은 아파트 아래층에 있는 동물 병원에서 비로소 뉴트의 참모습을 목격한다.

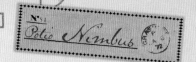

소개합니다
뉴트의 조수, 번티

"번티는 제가 이 영화에서 가장 좋아하는 새 캐릭터 중 한 명이에요." — 배우 에디 레드메인

번티의 지팡이

번티의 지팡이는 다른 캐릭터들처럼 화려하게 디자인되지는 않았어도, 그녀의 특징을 정확히 포착한다. 뉴트의 조수로서 헌신적이고 성실하게 일하는 그녀는 꾸밈없이 진실한 여성이다. 몰리 솔은 "번티의 일부분인 것처럼 만들어 보고 싶었어요"라고 말한다. 관객의 눈에 잘 띄지는 않지만 그녀의 지팡이 손잡이 부분에는 나뭇잎 문양이 빙 둘러 새겨져 있다. 작은 부분이지만 믿음직하고 안정적인 번티의 성격을 강조하는 장식이다.

영국 배우 빅토리아 예이츠가 연기한 번티는 뉴트에게 호감을 느끼고, 그를 도와 아파트 지하에서 마법 동물을 돌본다. 레드메인은 "각본에서 새로 등장하는 번티 부분을 읽고 예이츠 감독에게 어떤 사연이 있는 캐릭터인지 궁금하다고 얘기했"다고 말한다. 그로부터 며칠 후 열린 회의에서 J.K. 롤링은 번티가 이제까지 어떻게 살아왔으며, 《신비한 동물 사전》 사인회 파티에서 두 사람이 어떻게 처음 만났는지 등 자세한 이야기를 들려주었다. 롤링의 오랜 팬인 예이츠는 〈신비한 동물〉 시리즈에 합류해 영광이라고 말하며, 이 영화의 핵심 주제를 아주 중요하게 생각한다고 밝혔다. "이 영화는 우리가 실제 겪고 있는 일들을 말하고 있어요. 우리 안의 짐승에 관해 이야기하며, 자신이 원하는 사람이 되어 가기 위해 어떠한 일들을 극복해야 하는지를 보여 주죠."

다친 동물을 치료해 주려는
뉴트와 번티(빅토리아 예이츠).

마법 동물들과 동물 보호소

NEWT SCAMANDER
MAGIZOOLOGIST

Fluid Balance Chart

ACHIEVEMENT IN MAGICAL EXCELLENCE

MAGIZOOLOGIST

> "니플러가 돌아왔어요. 피켓도요."
> — VFX 감독 크리스천 만츠

뉴트의 집에서 에서의 그림처럼 생긴 계단을 통해 지하로 내려가면 깜짝 놀랄 만한 공간이 나온다. 다친 동물을 치료해 주는 병원이다. 레드메인은 "세트 안을 걷는 것만으로도 경이로웠"다고 말한다. 프로덕션 디자이너 스튜어트 크레이그는 병원의 바닥과 벽돌로 된 아치 등 기본적인 세트를 만든 다음, 공간의 규모를 과장되게 확장해 마법 같은 분위기를 더했다. 한쪽 끝만 고정되고 다른 쪽은 받치지 않는 구조인 캔틸레버식 계단이 벽에 붙어 있는데, 실제 건물이었다면 진작 무너졌겠지만 미술 감독인 마틴 폴리는 "그게 바로 마법"이며 "그러니까 다들 믿는 것"이라고 말한다. 호그와트 성의 움직이는 계단과 흡사한 이 계단은 〈해리 포터〉 시리즈를 연상시키기도 한다. 전편에서 여행 가방 안에 있던 뉴트의 오두막은 이제 보호소 한가운데에 떡하니 자리 잡고 있다.

세트 장식가 애나 피녹은 뉴트의 보호소를 꾸미기 위해 런던 동

물원 수의부를 둘러보고, 거기서 본 장비 대부분을 구식과 신식 가리지 않고 뉴트의 세계로 옮겨 왔다. 피녹은 이렇게 설명한다. "오늘날의 동물원과 아주 유사해요. 실제 동물원에서도 끈과 파이프, 판지 등으로 임시 의료 기구를 만들어 쓰거든요. ······ 우리도 그런 걸 대부분 그대로 가져왔죠." 하지만 뉴트의 보호소에 설치된 가구나 기기들은 마법 세계에 더 가까운 것들이라 미술부가 직접 만들거나 기존 소품을 재활용해야 했다. 눈썰미 좋은 관객들은 뉴트의 수술용 무영등이 1960년대식 조명 기기처럼 생겼음을 알아챌 텐데, 실제로도 그 시기의 조명이다. "우린 그저 몇몇 요소만 추가했어요. 정말 재미있었죠. ······ 전혀 다른 시대의 제품에 그보다 이전 시대의 장식을 더했어요." 피녹의 설명이다. 1960년대 디자인에 1900년대 초의 장식을 더한 이 수술용 조명은 독창적일 뿐 아니라, 비록 마법 동물을 돌보는 곳이긴 해도 동물 병원에 잘 어울린다.

미술 팀과 VFX 팀은 보호소에 사는 동물들을 창조하기 위해 수천까지는 안 되더라도 수백 개의 디자인을 만들어 내야 했다. 제작자 데이비드 헤이먼은 이렇

PROFESSOR PERRY'S PISCATORIAL Polish
EST 1789
BOTTLE 1 OF 12
MADE IN BARRESTON
700ml

ST MUNGOS
GAUZE STERILISED BANDAGE
2 INCHES X YARDS

BICORN PARTS.

LARVAE
Store in a cool dry place
1 kilogram

finest Quill Shampoo

CRATOEGUS OXYACANTHOIDES

동물들의 보금자리가 위치한 뉴트의 지하실. 따뜻하고 안락한 분위기다.

마법 동물을 추적하고 포획할 때
쓰는 뉴트의 도구들.

뉴트와 제이콥 코왈스키(댄 포글러).

뉴트가 문카프의
눈에 넣어 주는 안약.

게 회상한다. "숫자를 점점 줄여 가면서 제작진 사이에서 반응이 좋은 몇 가지를 추려 냈어요. 하지만 그건 시작에 불과했죠. 우리가 원한 건 고립된 동물이 아니었으니까요. 움직임이 생명이었어요. 그래서 애니메이션 테스트를 했죠." 이런 기본적인 테스트를 통해 제작진은 동물의 성격을 가장 잘 드러내는 동작과 몸짓을 알아낼 수 있었다. VFX 팀은 제작진과 긴밀히 의견을 교환하며 동물들이 매끄럽고 실감 나게 움직이는지 확인했고, 결과를 전해 받은 인형 조종 팀은 움직임을 실제 연기에 적용했다.

"인형 연기자들이 하는 일은 배우들과 크게 다르지 않아요. 우리도 개성과 감정, 욕구를 지닌 무언가를 표현하니까요." 인형 조종 팀 감독 로빈 가이버의 말이다. 인형 연기자들은 VFX 팀은 물론이고 애니메이터와 콘셉트 아티스트들과 토론하며 이 동물들이 어디서 유래하고 어떻게 움직이는지 연구했다. 그리고 실제 동물을 조사하면서 그들의 유사점과 차이점에서 영감을 얻었다. 전설 속 동물을 바탕으로 창조한 켈피를 예로 들자면, 뉴트의 책에 '갈기 대신 부들 풀이 달린 말'이라고 설명돼 있어서 인형 조종 팀은 켈피의 움직임이 말과 얼마나 유사한지를 정해야 했다. 물속에 들어가면 파동 때문에 켈피의 움직임이 변할 수도 있었다. 가이버와 팀원들은 뉴트와 마법 동물이 교감하는 장면에서 그들 사이에 형성되는 감정까지 고려했다. 그 순간 동물은 뉴트를 믿고 있나? 아니면 믿지 않고 있나? 공격적인가? 다정하고 우호적이거나 장난스러운가? 인형 조종 팀은 VFX 팀, 미술 팀과 함께 이런 질문들의 답을 하나씩 찾아 나가면서 켈피의 움직임과 팀원들이 조종해야 할 인형의 신체 표현을 결정했고, 그 결과 보다 생생한 마법 동물을 구현해 냈다.

니플러 가족

"이번엔 신 스틸러가 한 마리가 아니에요. 한 가족이 떼로 나오죠."
— 배우 에디 레드메인, 아기 니플러들에 관하여

보호소에 있는 동물은 모두 특별하지만, 그 중에서도 팬들의 사랑을 가장 많이 받는 마법 동물은 니플러다. 작고 귀여우면서 똑똑하고 장난기 많은, 개성이 넘치는 이 동물은 비록 몸집은 작아도 존재감이 어마어마하다. 〈그린델왈드의 범죄〉 촬영을 앞두고 제작진과 VFX 팀은 니플러 가족을 만드는 임무를 맡았다. 실제 동물의 모습은 컴퓨터 그래픽으로 표현하지만, 배우들이 연기할 때 상대해 줄 인형 대역을 제작해야 했기 때문이다. 이럴 때는 장면에 따라 다른 형태의 인형을 사용한다. 인형 조종 팀 감독 로빈 가이버는 이렇게 설명한다. "머리에 막대들이 꽂

힌 인형은 서로 바라보고 눈을 맞추기에 좋죠. 막대기 끝에 달린 인형은 쫓아가는 카메라 앞에서 매우 빠르게 달려서, 우리가 그 동물이 움직이는 패턴을 정확하게 구현할 수 있도록 도와줘요. 또 어떤 건 그냥 커다랗고 무거운 빈백처럼 생겼죠." 빈백 스타일 인형은 배우가 동물과 교감해야 할 때 손으로 들어 올릴 수 있도록 만들어졌다. 인형 자체의 무게가 배우들이 동물을 현실적으로 상상해 내는 일을 돕는다. 배우가 만지거나 들어 올릴 때 동물의 피부가 어떻게 변하는지 볼 수 있어서 애니메이터들에게도 도움이 된다.

아기 니플러들.

Don't forget to feed the Niffler!!

Balance Chart

DATE: April 1927
CREATURE: Niffler
ILLNESS: Swallowed a galleon
TREATMENT: Rests stomach rubs & revival potion

APOTHECARIUS
London

ELIXIR
Mixed with Myr...
Do not feed to N...

문카프

출연진과 제작진의 사랑을 듬뿍 받았던 문카프도 다시 등장한다. 커다란 눈과 기다란 목, 막대기 같은 네 개의 다리를 지닌 수줍음 많은 문카프는 선천적으로 야행성이라 보름달을 구경할 때만 굴에서 나온다. 문카프에게 안약을 넣어 주는 뉴트의 다정한 모습도 엿볼 수 있다.

어거레이

어거레이는 초록빛을 띠는 검은 새로, 제이콥의 뒤를 쏜살같이 따라가며 카메라를 뉴트의 보호소로 안내한다. 그리고 (말 그대로) 관객들이 새의 시각에서 공간을 내려다볼 수 있도록 해 준다.

어거레이 VFX 렌더링.

문카프의 대역을 돌보고 있는 에디 레드메인.
후반 작업에서 VFX 팀이 컴퓨터로 만들어 낸
문카프 최종 형태를 추가해 넣었다.

켈피

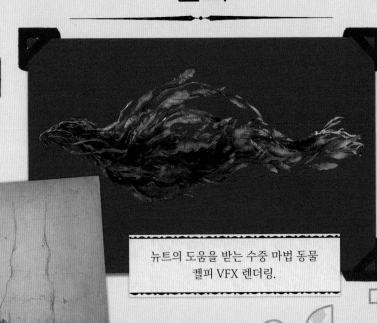

뉴트의 도움을 받는 수중 마법 동물
켈피 VFX 렌더링.

phoenix compartive
lengths - research
further

In severe cases administer ...
under beasts tongue.

DO NOT FEED TO THE BOWTRUCKLE

피켓

"CGI 동물들과 연기하는 건 재미있어요.
진짜 색다른 경험이죠. 상상하시는 것만큼 놀랍고 기묘해요."
— 배우 에디 레드메인

피켓은 똑바로 서도 신장이 겨우 20센티미터밖에 안 되는, 주로 영국과 독일 남부, 스칸디나비아 반도 일부 지역에 서식하는 보우트러클이다. 주머니에 넣고 다녀도 될 만큼 작은 피켓은 실제로도 종종 뉴트의 앞주머니에 들어가 조수 노릇을 한다. 자물쇠 따기 선수라서 위험에 처한 뉴트를 구해 준 적이 한두 번이 아니다. 레드메인도 피켓을 제일 좋아한다고 고백한다. "뉴트는 피켓한테 특히 약해요. 저도 그렇고요. 새로 태어난 아기 니플러들도 예쁘지만 그 애들은 뉴트가 감당하기에는 너무 말썽꾸러기예요. 피켓은 아주 작고 연약한 나뭇가지 같고, 다정하죠." 그뿐 아니라 몸집은 작지만 마음만은 넓어서 뉴트의 약점을 잘 보완한다. 데이비드 헤이먼은 이렇게 말한다. "제가 볼 때 첫 편에서 제일 성공적이었던 마법 동물은 니플러와 피켓이에요. 둘 다 성격이 확실하죠. 피켓의 과묵하고 어색한 성격이 디자인과 애니메이션으로 잘 표현됐어요."

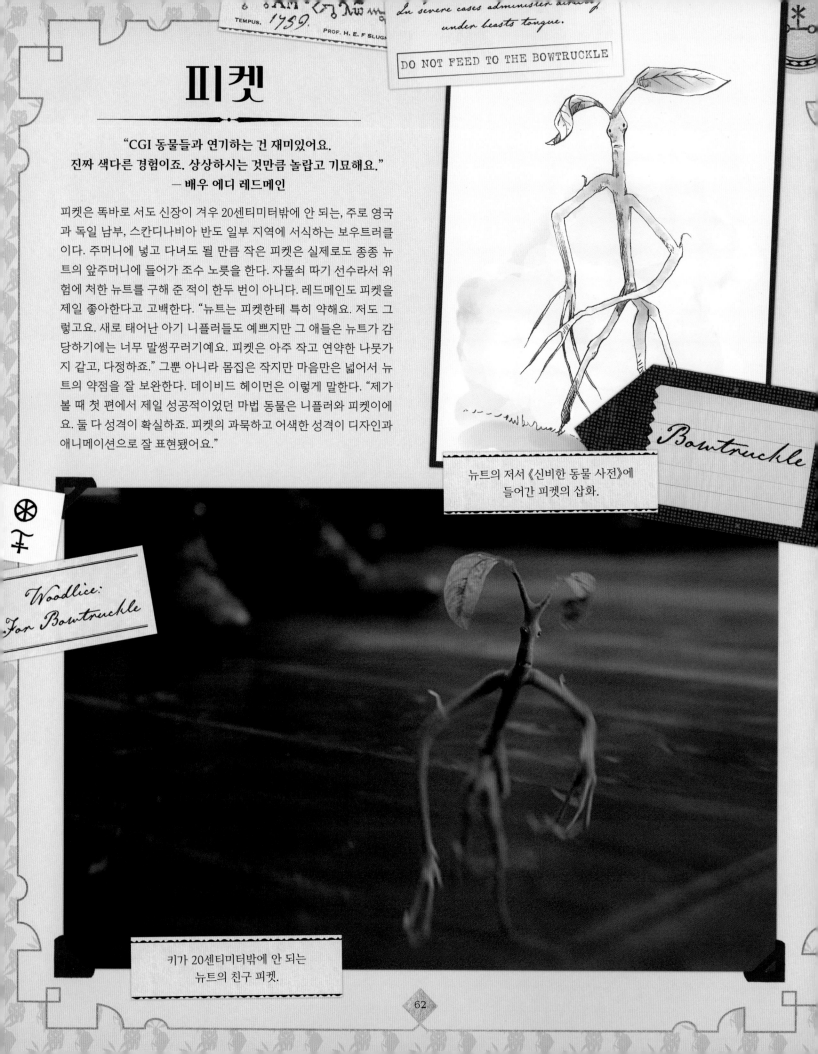

Bowtruckle

뉴트의 저서 《신비한 동물 사전》에
들어간 피켓의 삽화.

Woodlice:
For Bowtruckle

키가 20센티미터밖에 안 되는
뉴트의 친구 피켓.

제이콥 코왈스키

"옷 입힐 맛이 나는 배우죠. …… 촬영용 의상을 자기 옷처럼
소화하니까요." — 의상 디자이너 콜린 애트우드,
제이콥 코왈스키의 의상에 관하여

셜록과 왓슨, 로럴과 하디(20세기 초 미국 희극 영화 콤비—옮긴이)가 있다면 우리에겐 뉴트와 제이콥이 있다.

팬들의 사랑을 듬뿍 받은 제이콥 코왈스키도 〈그린델왈드의 범죄〉에서 뉴트의 친구 역할로 되돌아온다. 제이콥과 뉴트는 겉모습도, 성격도 정반대다. 제이콥을 연기한 배우 댄 포글러는 두 사람의 관계를 이렇게 표현한다. "뉴트가 책을 많이 읽어서 지적인 유형이라면, 제이콥은 세상 물정에 밝고 사람들과 잘 어울려요. …… 그래서 두 사람이 어울리면 마치 좌뇌와 우뇌처럼 움직이죠." 제이콥 캐릭터에는 코믹한 요소가 많아서 포글러와 레드메인은 서로 농담을 많이 주고받았다. 물론 연기를 위해서였다. 포글러는 이렇게 설명한다. "에디와 저는 둘 다 몸으로 웃기는 걸 좋아해요. …… 에디는 찰리 채플린의 오리걸음을 자신의 걸음걸이로 승화시켰죠. 저도 그런 노력을 했고요. 우린 둘 다 그 시대 영화의 팬이거든요." 찰리 채플린과 버스터 키튼에게서 유머와 신체 언어를 배우기는 했지만, 많은 부분들은 현장에서 즉흥적으로 만들어졌다. 레드메인의 이야기도 들어 보자. "포글러와 작업하는 일은 정말 즐거웠어요. 엄청난 상상력과 아이디어가 샘솟는 사람이거든요. 그는 여러 가지를 갖고 놀고, 여러 가지를 시도해 봐요. 그러다가 잘 안 되면 다른 걸 시도하면서 상대방을 아주 멋지고 색다른 곳까지 이끌죠."

뉴트의 동물 병원 앞을 어슬렁거리는
제이콥을 발견하는 어거레이.

Jacob Kowalski

64

포글러는 제이콥이 전편보다 "진화했"다고 말한다. 첫 편의 결말에서 제이콥은 마법 세계의 규칙에 따라 기억이 사라진 것처럼 보였다. 하지만 기억은 없어도 신비한 동물들을 연상시키는 빵을 구워 내고, 퀴니가 가게에 들어오자 왠지 알아보는 듯한 낌새를 풍긴다. 마법 세계를 향한 그의 애정이 잠재의식 속에 여전히 살아 있음을 보여 주는 증거일지도 모른다. 이제 제빵사로 성공한 제이콥은 조금 더 성숙해졌고, 퀴니와의 관계는 다층적이고 복잡해졌다. 아무리 새로운 모험을 마다하지 않는 제이콥이라지만, 지나치게 유쾌하고 들떠 있는 그의 모습을 본 뉴트는 바로 뭔가 잘못되었음을 알아챈다. 퀴니가 그에게 마법을 걸었던 것이다. 뉴트가 반대 주문으로 마법을 풀자 제이콥의 생각을 읽은 퀴니는 화를 내며 떠나 버린다. 다툼의 원인은 퀴니의 마법이지만, 두 사람의 갈등은 실재한다. 포글러는 이 갈등이 "지극히 현실적"이어서 더 쉽게 제이콥에게 공감할 수 있었다고 말한다.

"제이콥은 함께하는 사람이에요. 정말 멋지죠. 혼란의 한가운데에서도 '세상에, 내가 어쩌다가 여기에 휘말렸지? 이건 말도 안 되지만, 좋아, 당신의 여정이 끝날 때까지 도와주지'라고 말하는 좋은 사람이에요"라고 포글러는 설명한다. 그는 실제 자신이라면 퀴니와 뉴트가 제안하는 모험에 발을 들여놓지 않았을 거라며, 제이콥이라는 캐릭터에 고무되지 않을 수 없었다고 말한다.

이렇게 마음씨가 따뜻한데 지팡이가 없는 게 뭐 대수일까. 유일하게 지팡이가 없는 주연으로서 포글러는 인정한다. "네, 전 지팡이가 없어요…… 마법과도 같은 마음과 황금의 영혼을 지녔는데도 말예요. 슬픈 일이죠."

유서프 카마(윌리엄 나디람)와 맞서는 뉴트와 제이콥.

파리의 카페에서의 제이콥과 뉴트.

퀴니 골드스틴

> "이 영화는 우리의 마음을 휘저어 놓아요. 예이츠 감독은 항상 인간적인 면을 전면에 내세우라고 말하죠. 이번 영화에서는 캐릭터들이 성장하는 모습을 목격하실 수 있을 거예요." — 배우 앨리슨 수돌

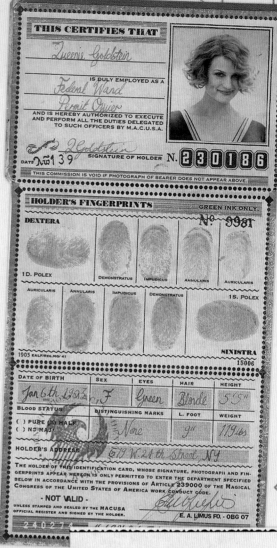

퀴니 골드스틴(앨리슨 수돌)의 신분증.

앨리슨 수돌이 연기하는 퀴니는 미국에 사는 마법사이자 레질리멘스이며, 티나 골드스틴의 여동생이다. (레질리멘스는 타인의 생각과 기억, 감정을 읽어 내는 능력을 갖춘 마법사다.) 수돌의 표현에 따르면 첫 편에서 퀴니는 "순수함과 상처, 기쁨과 즐거움"이 공존하는 캐릭터였다. 그녀는 제이콥을 만나 사랑에 빠지면서 일생일대의 모험을 시작한다. 퀴니처럼 자유분방하고 인정 많은 영혼은 새로운 사랑과 소란스러운 모험을 즐기게 마련이지만, 두 번째 편에서 그녀와 제이콥의 사랑은 위기에 처한다. 마법 세계는 지난 수백 년간 마법사와 (제이콥 같은) 비마법사의 결혼을 엄격히 금지해 왔다. 데이비드 헤이먼은 이렇게 설명한다. "퀴니는 제이콥과 결혼하고 싶어 해요. 하지만 제이콥은 그것이 법에 어긋날 뿐 아니라, 마법 세계와 퀴니에게 영향을 끼칠 것을 염려하죠." 그런데도 퀴니는 거짓 핑계로 제이콥을 런던으로

데려간다. "제이콥이 원하든 원하지 않든 그를 차지하려고 하죠." 수돌의 설명이다. 하지만 일은 계획대로 흘러가지 않고, 결국 퀴니는 홀로 길을 떠나게 된다.

언니를 찾으러 파리에 간 퀴니는 그린델왈드의 수하인 로지어에게 붙잡힌다. "그녀는 성인이 되어 처음 상처를 겪고 가장 취약해진 순간에 그린델왈드의 손아귀에 들어가요. …… 그리고 그린델왈드는 사람 마음을 조종하는 전문가죠." 즉 그는 퀴니를 자신의 사악한 계획으로 끌어들이려면 어떤 감정을 건드려야 하는지 정확히 알고 있다. 수돌이 말을 이었다. "그린델왈드는 퀴니의 다정한 마음을 이용해야 한다는 걸 순식간에 파악해요. …… 그뿐 아니라 사람의 마음을 읽는 그녀의 능력을 치켜세우죠. 퀴니는 자신의 능력이 소중한 선물이라는 말을 들어 본 적이 없어요. 주위에 사람들이 있을 때는 조심하라는 얘기만 듣고 살았기 때문에

짜증과 좌절감이 쌓여 있죠. 그런데 이 신비하고 흥미로운 남자가 자기를 능력 있는 여자로 봐 주는 거예요. 게다가 제이콥에게 거부당한 후라 그린델왈드에게 흔들려도 이상할 게 없는 상황이죠."

수돌은 J.K. 롤링이 자신의 캐릭터를 어두운 이야기 속으로 밀어 넣은 걸 보고 처음에는 놀랐다고 말한다. "조가 퀴니를 끌어내려서 스스로 길을 찾을 만큼 강인하게 만드는 게 놀라웠어요. …… 진정으로 아름다운 추락이라고 할 수 있죠. 고대 신화에서는 여성들이 자신의 세계로 돌아가 온전하게 살아가려면 저승에 가서 지혜를 구해 와야 한다는 사실을 자발적이고 직관적으로 알아요."

마법 세계에서도 드물고 특별한 퀴니의 능력은 그린델왈드가 그녀에게 관심을 두는 이유 중 하나이기도 하다. 수돌은 쾌활했다가 갑자기 쾌활하지 않게 변하는 캐릭터를 연기하는 일이 어려웠다고 말한다. J.K. 롤링은 촬영 초기에 "자신의 본능을 믿"으라고 조언했는데, 수돌은 그때부터 퀴니라는 캐릭터를 마음껏 탐험하라는 허락을 받은 기분이었다고 밝혔다. "배우에게 그만한 선물은 없죠." 이제 남은 문제는 첫 편과 두 번째 편을 이어 줄 조각을 찾는 일이었다. 수돌이 말을 이었다. "저는 사람들이 퀴니의 본질은 첫 편 그대로라는 걸 믿고, 그녀의 행동을 이해하며 그녀의 편이 되어 주기를 바라요. 관객들이 퀴니의 편이 되어 주면 좋겠어요. 비록 그 과정이 고통스럽더라도요."

퀴니의 의상

"이 드레스를 입는 순간 기분이 밝아져요. ……퀴니처럼요!"
— 배우 앨리슨 수돌

"영화 속에서 퀴니가 아주 멋진 모습을 선보이는 장면이 몇 군데 있어요." 의상 디자이너 콜린 애트우드는 말한다. 다른 캐릭터들과 마찬가지로 퀴니의 의상 역시 세부 장식에 세심한 공을 들였다. 수돌은 "콜린은 놀랍도록 꼼꼼하고 실력 있는 장인인 동시에 뛰어난 선견지명을 가졌"다고 말하며, 그녀의 의상은 "엄청난 정교함을 자랑"한다고 평했다. 애트우드와 수돌은 퀴니가 예전보다 세련돼 보여야 한다는 데 의견이 일치했다. 그녀의 우아함은 브로치나 지팡이 끝 같은 작은 부분에서도 빛을 발한다. "퀴니의 지팡이는 그녀의 의상이나 성격처럼 굉장히 아름다운 동시에 단순해요. 느낌이 아주 좋죠. 손잡이 부분은 살짝 묵직하고 끝은 아주 섬세해요." 수돌의 설명이다.

수돌은 퀴니의 의상에 격자무늬를 넣어 달라고 특별히 요청했다. "퀴니가 영국 여행을 앞두고 있다면 '영국 사람들은 어떤 옷을 입지? 음, 타탄체크를 많이 입는 것 같으니까 나도 하나 장만해야지'라고 생각할 것 같았거든요." 애트우드는 베를린에서 구한 타탄 직물을 퀴니의 성격과 영화의 색채에 맞춰 재디자인했다. 또 애트우드와 수돌은 퀴니의 변화에 대한 상징으로서, 의도적으로 나방인지 나비인지 알 수 없는 형태로 수공된 아름다운 브로치를 액세서리로 골랐다. "밤나비"라는 수돌의 표현이 아마도 퀴니를 가장 정확하게 묘사할 것이다.

프랑스 마법부에 간 퀴니.

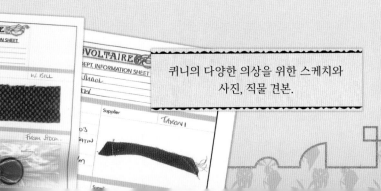

퀴니의 다양한 의상을 위한 스케치와
사진, 직물 견본.

시각 효과
팀 버크와
크리스천 만츠

뉴트와 덤블도어가 산책하는
런던 거리의 배경을 만드는 VFX 팀.

디지털로 제작될
파리 길거리의 각종 부속물.

"스튜어트 크레이그가 세상을 설계하면,
우리가 그 세상에 생명을 불어넣죠."
— VFX 감독 크리스천 만츠

VFX 감독 팀 버크와 크리스천 만츠는 다수의 콘셉트 아티스트와 애니메이터로 구성된 팀을 이끈다. 이들은 데이비드 예이츠 감독과 긴밀하게 협력하며 액션 장면 진행을 설계하고, 피켓처럼 디지털 효과로 움직이는 캐릭터를 개발한다. VFX 팀은 J.K. 롤링의 각본을 발판 삼아, 내용을 숙지한 후에 감독 및 제작자와 의견을 나누며 피드백을 받는다. 이렇게 작업 결과를 주고받는 과정은 예이츠 감독이 촬영에 들어가기 몇 달 전부터 시작돼 촬영이 만료된 후의 후반 작업 때까지 이어진다. 그런 의미에서 만츠는 "시각 효과는 탄생 단계부터 완전히 끝날 때까지 이야기를 끊임없이 좇아야 하는 특수한 위치에 있어요. ……이렇게 영화의 전 과정에 관여하는 이들은 우리 말고는 감독과

제작자밖에 없죠"라고 말한다. 영화의 전 단계에 참여하는 만큼
스턴트맨부터 촬영 팀 전원, 후반 작업을 하는 편집실 직원까지
말 그대로 모두와 협력한다.

"이 영화에서는 더 많은 마법을 선보이려고 노력하고 있어
요. …… 마법 세계가 실제 우리가 사는 세계와 공존한다는 것을
보여 주는 장면들을 만들고 있죠. 파리의 길거리를 걸으며 평범
한 도시 풍경이라고 생각하는 순간 마법 세계에 들어서게 돼요.
9와 4분의 3번 승강장처럼 두 세계가 나란히 존재하죠." 팀 버크
의 설명이다. 이러한 평행 세계를 만들 때는 주로 그린스크린에
의존하지만, 〈그린델왈드의 범죄〉에서는 아름답게 재현된 물리
적 세트가 사용됐다. 대부분의 배경을 손으로 직접 그렸고, 세트
안에는 완벽한 상태의 건물들이 들어섰다. 만츠는 이러한 세트
디자인이 더욱 생생한 시각 효과를 불러왔다고 말한다. "이 영화
의 매력은 그린룸에서 만들어지지 않았다는 점이에요. 우리가
의존할 수 있는 물리적인 실체가 있었죠. 파리 장면에서는 실제
로 만질 수 있는 건물이 있었고, 우린 그걸 바탕으로 디지털 버전
을 만들었어요." 이를 위해 팀원 한 명이 거리 풍경과 기타 배경
등을 촬영했고, VFX 팀이 이 영상을 CGI렌더링으로 변환했다.
"Ncam이라는 시스템을 사용했어요. 실제로는 거기에 없는 모든
것을 뷰파인더 너머로 볼 수 있게 해 주는 시스템이죠." 만츠의
설명이다. 예이츠 감독과 필립 루셀롯 촬영 감독은 바로 이 CGI
렌더링과 Ncam 덕분에 세트에서 촬영하는 장면들이 실제로는
어떻게 보이게 될지 더욱 쉽게 이해할 수 있었다. (예를 들어 세트
에는 거리 풍경밖에 없을지라도 CGI렌더링이 에펠탑을 "채워 넣어" 주
기 때문에, 루셀롯은 하늘을 비추던 카메라를 움직여 길거리에 포커스
를 맞추기 전에 에펠탑 부분에서 어떻게 움직여야 할지 계산할 수 있
다.) 덕분에 예이츠 감독은 나중에 프레임을 재구성할 필요 없이
자연스럽게 숏을 이어붙일 수 있었다.

VFX 팀이 하는 일 중에는 선시각화 작업도 있다. 기초 단
계 애니메이션으로 특정 장면, 특히 동물들이 등장할 장면을 미
리 계획하는 것이다. 애니메이터 블레어 맥노튼은 다음과 같이
설명한다. "선시각화를 통해서 그 장면을 어떻게 촬영할지, 마
법 동물과 배우 사이에 어떤 상호작용이 발생할지 파악해요.
…… 후시각화 작업에서 좀 더 정교한 애니메이션을 맨 위 플레
이트에 깔죠. …… 여기까지 한 작업이 승인되면 최종 애니메이
션으로 넘어가 동물들을 더 다듬어요." 선시각화와 후시각화는
빠른 속도로 내달리는 영화 오프닝의 탈출 신처럼 바로 CGI로 만
들어도 무방한 주요 장면들에도 사용되었다. "카메라를 배치하
고 배우들을 투입해서 액션 장면을 어떻게 풀어낼지 연습해 봤
죠." 만츠의 설명이다. 덕분에 데이비드 예이츠와 J.K. 롤링은 영
화 제작의 다른 과정, 이를테면 대사나 서사 등에 더 집중할 수
있었다. 감독과 제작진이 촬영 준비를 마칠 때쯤, VFX 팀은 이미
어떤 방식이 통하고 안 통하는지 온갖 실용적인 지식을 철저히
숙지하고 있었다. 또 이들은 선시각화 작업에 개략적인 시각 효
과를 넣어서 편집 팀이 액션 장면의 밑그림을 편집하고, 마법 동
물과 그들을 둘러싼 환경 혹은 그 밖의 다른 요소들을 CGI 레이
어로 추가할 수 있게 도왔다.

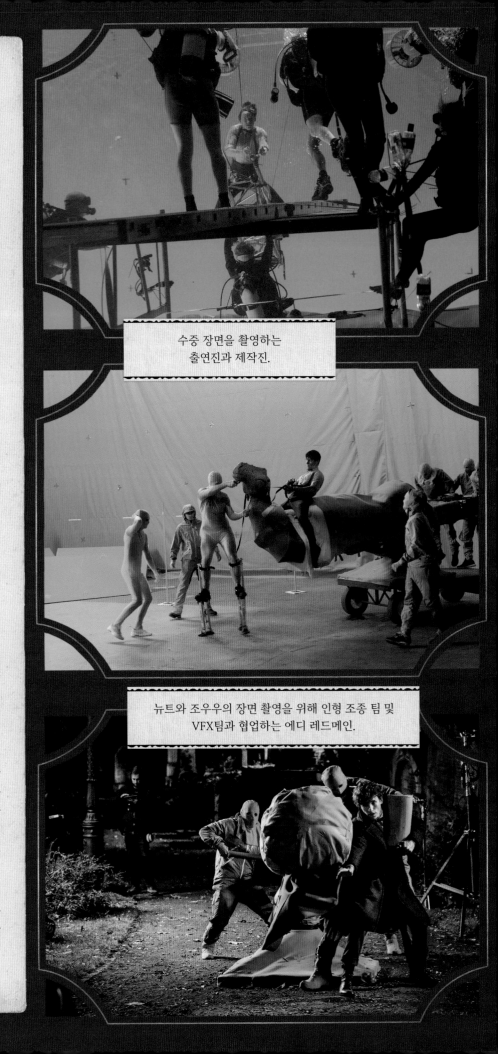

수중 장면을 촬영하는
출연진과 제작진.

뉴트와 조우우의 장면 촬영을 위해 인형 조종 팀 및
VFX팀과 협업하는 에디 레드메인.

파리행 포트키

"이 영화는 동물로 치면 또 다른 종이에요. 지난 편이 모험물에 가까웠다면 이번엔 스릴러죠."
— 배우 에디 레드메인

포트키는 〈해리 포터〉 시리즈에서 처음 등장했다. 누구든 이 마법 물체에 손을 대면 특정 장소로 순간이동한다. 비마법사들의 눈에 띄지 않도록 평범한 일상 용품으로 만들어지는 경우가 많다. 1994년 퀴디치 월드컵에서 수많은 마법사들의 이동 수단으로 사용된 낡은 부츠나, 해리 포터를 마법부에서 호그와트 교장실로 이동시킬 때 사용된 조각상 같은 것들이다. 〈그린델왈드의 범죄〉에서 뉴트는 녹슨 양동이로 된 불법 포트키를 50갈레온에 사서, 제이콥과 함께 도버 해협의 화이트클리프에서 파리로 이동한다. 여행 금지 명령이 내려진 그로서는 어쩔 수 없는, 간편하지만 위험한 선택이었다.

포트키: 녹슨 양동이.

포트키 여행을 준비하는
뉴트와 제이콥.

> "이 영화에서
> 제일 덩치가 큰 동물은 아마 파리일 거예요."
> — VFX 감독 크리스천 만츠

크레덴스는 자신이 누구인지 알아내고자 프랑스 파리로 향한다. 퀴니는 언니를, 뉴트는 티나를, 영국 마법부는 뉴트를, 제이콥은 퀴니를 찾아 파리로 떠나고, 리타는 사람들이 레스트랭 가문의 역사를 파고들지 못하도록 가족의 비밀을 꽁꽁 감추려 고군분투한다. 이 모든 이야기의 배경이 되는 1927년 파리는 출연진과 제작진의 입장에서 보면 그 시대를 마법적으로 해석해 창의적인 세트와 의상, 소품, 시각 효과를 만들어 낼 좋은 기회였다. 그렇게 탄생한 영화 속 도시는 1920년대 파리처럼 보이는 동시에 어떤 면에서는 전혀 다르다.

파리의 건축과 인테리어, 간판은 물론이고 조명까지 속속들이 파악하기 위해 제작진은 직접 파리를 방문해 구석구석 산책하고 역사를 공부한 후에, 워너 브라더스의 영국 리브스덴 스튜디오로 돌아와 직접 보고 온 많은 것을 재현했다. 오늘날 세련된 거리와 화려한 건물을 자랑하는 파리도 당시는 1920년대 공업 도시답게 더럽고 우중충했기 때문에, 프로덕션 팀은 도시를 재현하는 데 상당한 노력을 기울였다. 첫 편에서 사용한 뉴욕 세트 일부도 카메라를 비롯한 각종 장비를 자유롭게 움직일 수 있는 공간을 확보한 사양으로 개조해 재사용됐다. 제작자 데이비드 헤이먼은 이렇게 말한다. "파리는 아름답고 놀라운 곳이에요. 그리고 예이츠 감독은 마법세계가 분리되거나 동떨어져 있지 않고, 현실 세계와 유기적으로 연결되어 있는 것처럼 보이도록 매우 훌륭하게 연출해 냈죠."

뉴욕에서 파리로

"이건 아름답기만 한 세트가 아니에요. 그보다 훨씬 심오하죠. 아주 똑똑한 세트거든요."
— 촬영 감독 필립 루셸롯

뉴욕의 길거리와 건물 외벽은 〈신비한 동물사전〉 때 리브스덴 스튜디오에 이미 건설되었기 때문에 두 번째 편을 앞두고 새롭게 지을 필요가 없었다. 대신 미술 팀은 첫 편에 사용된 바둑판 모양 뉴욕 길거리를 1920년대 파리의 예스럽고 구불구불한 자갈길로 변신시켰다.

미술 감독 마틴 폴리는 이렇게 설명한다. "맨해튼은 바둑판 모양 길로 유명해요. 하지만 파리는 다르죠. 다섯 갈래 길이 한 군데로 모이기도 하고, 온갖 아름다운 교차로가 있어요. 도로도 어지럽게 교차하고요. …… 그래서 스튜어트 크레이그가 바둑판 몇 군데에 뚜렷한 구획을 지었고, 우리가 거기에 고지대와 계단과 경사면을 추가했죠." 이렇게 제작된 파리 중심가 세트는 길이 250미터가량의 거대한 규모를 자랑한다. 또한 미술 팀은 뉴욕 세트의 건물 외관도 재활용했다. 상점 진열창

뉴욕 길거리 비하인드 장면들.

과 브라운스톤, 마천루가 새로운 옷을 입고 파리의 건축물로 탈바꿈했다. 폴리는 "다섯 번째 편쯤 되면 외벽 세트 다섯 개가 서로 마주 보고 서 있겠어요"라고 농담했다. 이러한 대대적인 변화 못지않게 특정 부분에서는 세밀한 변화도 필요했다. 미국의 것보다 작고 장식도 세밀한 파리의 창문을 만들기 위해 창문 하나하나의 크기가 재조정되었고, 상점가의 창문마다 걸린 간판도 그래픽을 세심하게 손봤다.

세트 장식과 레터링 아티스트 줄리언 워커의 이야기를 들어 보자. "뉴욕이 아닌 파리로 옮겨 가면서 생긴 변화는 파리의 거리가 훨씬 좁고 아담하다는 거예요. 그리고 모퉁이마다 무언가로 복작거리죠. 지난 편의 배경이었던 뉴욕에는 상점에 간판이 많이 달려 있었어요. 모든 글자가 물건을 파는 사람 입장에서 디자인됐죠." 그리고 이때의 간판은 최소한의 공간만 차지해야 했다. 파리는 뉴욕보다 훨씬 오래되고 세련된 도시라서 상점 간판에도 이러한 감각이 반영되었다. 영화 속 파리의 마법 세계는 활기차고 윤택하다. 그중에서도 카셰 거리는 비마법 세계를 벗어나면 나오는 쇼핑가로 상점과 진열창, 놀라운 물건과 고객들로 마법적인 분위기를 마음껏 발산한다. 워커에 따르면 이곳에서는 "관객들이 알고 있는 마법 세계의 모든 장면이 펼쳐"진다.

뉴욕의 건물 외관과 길거리는
리모델링을 통해 파리로 변신했다.

카셰 거리

"우리 야외 촬영장에서 파리를 보게 되다니 정말 신나는 일이에요."
— 책임 프로듀서 팀 루이스

〈그린델왈드의 범죄〉가 재현하는 파리는 현실과 환상이 혼합된 공간이다. 일단 비마법 세계는 실제 파리의 모습과 다를 바가 없다. 넓고 아름다운 대로에서 뻗어 나간 비밀스러운 골목길마다 기분 좋은 향수를 불러일으키는 빵집이 늘어서 있다. 빵집 세트장은 실제 빵과 크루아상, 버터로 만든 디저트로 가득 채워졌다. 하지만 또 다른 파리도 존재한다. 바로 마법사들에게만 허락된 세계다. 마법 세계에 들어가 매혹적인 상점가를 구경하기 위해 높은 조각상 밑을 통과하면, 그 즉시 인간들의 상점이 마법 상점으로 변한다. 이 쇼핑가가 바로 카셰 거리다. 에디 레드메인은 이렇게 설명한다. "J.K. 롤링의 세상에서 제가 특히 매력을 느끼는 점은 무언가를 한 꺼풀 벗겨 내면 그 안에 숨겨져 있는 더 활기차고 신비하면서 눈부신 세상이 드

카셰 거리를 살피는 에디 레드메인

러난다는 거예요. …… 아주 멋진 현실 도피적 개념이죠." 마법 거리를 따라 늘어선 상점들은 〈해리 포터〉 시리즈의 다이애건 앨리를 오마주한 것이지만, 한편으로는 프랑스만의 독특한 도시 경관을 담고 있다. 과자 가게와 약재상, 의상실, 퀴디치 용품점에 이르는 모든 상점에 현실감이 넘치는데, 거의 대부분이 실제로 제작되었다. 수작업으로 주조한 과자 모형과 마법 서점의 서가에 꽂힌 특수 서적까지 세심하게 신경 쓴 세트는 실제 파리보다 훨씬 강력한 마법 기운을 내뿜는다.

소품 제작 팀이 손수 만든 파리의 과자와 사탕들.

프랑스 마법 상점에서 판매하는 퀴디치 용품 일체.

ÉQUIPEMENT QUIDDITCH

GASTON

38

McAARON

DEPUIS 1392

38

GASTON McAARON

38 ÉQUIPEMENT QUIDDITCH GASTON McAARON DEPUIS 1392 38

ÉQUIPEMENT | QUIDDITCH | BALAIS

LE CORBEAU MYSTIQUE ✦ ANIMALERIE ✦ HIBOUX ET OISEAUX

Bz

CM

LUNA AURORE JUMELLE

5.50 Bz

La Marque Préférée des Sorcières Élégantes

GUÉRISSEUR DE TOUTES LA MIE MAGIQUES

Dr. AZIZ BRANCHIFLORE
· SORCIER ·
SUPERBEMENT QUALIFIÉ

· INSECTOLOGIE

· TRAITEMENTS par les FEUILLES VÉGÉTALES

· BAUMES de REPTILES

35

Dr. AZIZ
BRANCHIFLORE
De l'apothicairerie du Dr Aziz

P
Petites Potions
Fabricants d'élixirs de qualité
Essence de Folie
MANIPULER AVEC SOIN
ESSENTIELLES POUR POTIONS
· 221 ·

P
Petites Potions
Fabricants d'élixirs de qualité
Eau de Miel
MANIPULER AVEC SOIN
ESSENTIELLES POUR POTIONS
· 121 ·

> 마법 약 제조를 위한
> 최상의 재료만을 취급하는 약재상.

36 BAGUETTES MAGIQUES 36

PARIS COSME ACAJOR 1614

> 지팡이 상점의 쇼윈도 장식 스케치.

COSME

LA LICORNE PARISIENNE

LA LICORNE PARISIENNE

BLEU DE CORBEAU
FABRIQUÉE EN FRANCE

NOIR
OMBRES NOIRES

ORME 3558
PARIS
COSME ACAJOR

PARIS COSME ACAJOR

COSME ACAJOR
VIGNE

31
ACAJOR
PARIS

아르카누스 서커스

"신비로운 세트를 너무 많이 봐서 이제 질린다는 사람은 한 명도 없었을 거예요.
새로 완성되는 세트를 볼 때마다 우리 모두 입이 쩍 벌어졌죠." — 배우 캐서린 워터스턴

아르카누스 서커스는 영화 속에서 가장 음울한 장소 중 하나다. 서커스단은 수많은 언더빙과 조우우, 오니 등 우리에 갇힌 동물들이 연출하는 비참한 광경을 볼거리로 홍보한다. 아이들이 커다란 비눗방울 안에 들어가 떠다니는 등 순수한 감탄을 자아내는 마법도 간혹 선보이지만, 단장 스켄더는 기본적으로 잔인한 인물이다. 크레덴스도 이곳이 자신은 물론 말레딕터스를 위해서도 오래 머물 곳이 못 된다는 걸 안다. 미술 감독 마틴 폴리는 아르카누스 서커스를 이렇게 소개한다. "아주 사악한 곳이에요. 겉으로 보기에는 기쁨이 넘치고 모두가 즐거워하는 것 같지만, 남의 구경거리가 돼야만 하는 언더빙과 마법 생명체들은 서글프거든요. 영화를 보다가 울컥하게 되는 부분이죠." 이런 우울한 분위기는 그들의 의상에도 반영된다. "전 이게 서커스라기보다는 불쾌한 괴물 쇼라고 생각했어요. …… 의상은 전부 초라하게 디자인했어요. 다 찢어지고 너덜너덜하죠. 저렴한 반짝이도 약간 붙어 있지만, 질 나쁜 싸구려 서커스다 보니 이걸 입고 있는 캐릭터들도 전부 슬퍼 보여요. 행복하기보다는 우울하고 어두운 서커스죠." 의상 디자이너 콜린 애트우드의 말이다.

서커스 천막 앞에 모여든 관객들.

서커스 공연 장면에는 시각 효과가 대거 사용됐으며, 세트 장식가 애나 피녹에 의하면 세트 디자인 역시 "예이츠 감독과 VFX 팀의 주도하에 이 장면에서 꼭 필요하다고 생각되는 아이디어가 모여" 완성되었다. 티나와 카마가 크레덴스에게 접근했을 때 일어나 서커스를 집어삼키는 거대한 불길은 VFX 팀이 만들어 낸 것으로, 영화에 내재하는 불길을 시각적으로 드러내는 아주 적절한 상징물이다.

다양한 음료를 제공받을 수 있는
서커스 진행표와 입장권, 꼬리표.

서커스 텐트로 들어가는 입구.

소개합니다
스켄더

"스켄더는 일종의 인신매매범이에요.
유쾌하면서 섬뜩한 사람이죠."
— 감독 데이비드 예이츠

미국 태생 아이슬란드인 배우 올라푸르 다리 올라프손이 연기한 스켄더는 아르카누스 서커스에서 동물 조련사, 쇼맨, 단장, 고용주라는 일인 다역을 맡고 있다. 의상 디자이너 콜린 애트우드는 그를 이렇게 평한다. "일반적으로 서커스 단장이라고 하면 오페라 극장 출신의 몸집 큰 아나운서지만, 스켄더는 그보다 한층 복잡한 인물이에요. 그런 세상에서 온 사람이 아니거든요. 더 어두운 곳에서 왔죠."

스켄더와 말레딕터스.

스켄더의 의상

"스켄더는 직접 무대를 연출하는 감독이에요. 동물 조련사 겸 서커스 단장으로서 어딘가 음침한 구석을 가지고 있죠."
— 의상 디자이너 콜린 애트우드

자신의 의상을 차려입은 스켄더는 어느 모로 보나 완벽한 쇼맨이다. 전통적인 서커스 단장 복장은 빨간 연미복에 실크해트(길쭉한 원통형에 챙을 두른 정장 모자—옮긴이)를 쓴 차림이지만, 의상 디자이너 콜린 애트우드는 단장 코트의 구식 라인을 약간 수정하고 더욱 강렬한 색상을 입혔다. "성격이 아주 좋을뿐더러 체격도 커서 옷을 입히는 재미가 있어요. 그냥 걸치기만 해도 옷을 특별하게 만들어 주는 사람들이 있는데, 올라푸르가 바로 그런 부류죠. 그와 함께 일하는 건 매우 즐거웠어요. 자기 의상을 잘 소화하면서 옷을 빛내 줬으니까요."

누가 봐도 완벽한 서커스 단장인
스켄더(올라푸르 다리 올라프손).

커다란 서커스 배너

아르카누스 서커스: 괴물과 괴짜들!
트롤, 요정, 고블린 혼혈!

그래픽 팀은 서커스 배너와 포스터에 '광란의 시대'로 불리는 1920 년대 프랑스의 정신과 스타일을 담아냈다. 당시의 포스터는 예술 작품으로 취급되어 화가의 서명도 들어갔는데, 순회 서커스에서 볼 수 있는 작품들은 그런 예술과는 거리가 멀다. 서커스의 그림들은 평범한 화가가 시간에 쫓기며 그린 것이다. 장식 및 레터링 수석 아티스트 줄리언 워커는 "비록 조잡하긴 하지만 개성이 넘치는 그림"이라고 평했다. 영화 속 포스터는 20세기 초에 성행하던 괴물 쇼의 촌스러운 스타일을 흉내 냈다. 알록달록한 색상이 들어가며, 스크린 인쇄로 찍어 내서 결과물이 조금씩 다르다. 또한 그 시절에 유행한 모티프로 디자인하면서 마법적인 반전도 가미했다.

세트에 설치될 두 장의
커다란 서커스 배너.

소개합니다
말레딕터스

"말레딕터스는 정말 놀라워요." — 감독 데이비드 예이츠

말레딕터스는 언젠가 짐승으로 완전히 변해 버리는 저주받은 피를 타고난 인물이다. 아르카누스 서커스의 주연인 말레딕터스는 인물이 겪는 변화와 관련해 아주 개인적이고 독특한 스토리 라인을 가진다. 데이비드 예이츠 감독은 이를 그녀가 완전히 뱀으로 변해 버리기 전 "얼마 남지 않은 시간 동안 자신의 인간성에 매달려 안간힘 쓰는" 이야기라고 설명한다.

말레딕터스는 슬픔과 학대의 공간인 아르카누스 서커스에서 크레덴스와 만난다. 배우 클로디아 킴(한국명 수현)은 자신이 맡은 역할을 이렇게 묘사한다. "말레딕터스는 서커스라는 감옥에 갇혀 있지만, 그녀에게는 또 다른 층위가 있어요. 자신의 몸이라는 감옥에 갇혀 있기도 하거든요. 서커스는 그녀에게 매우 절망적인 곳이죠. …… 그런데 자신의 정체를 알아내고자 하는 크레덴스의 욕망과 의욕, 결심이 그녀에게도 희망을 불러일으켜요. 서커스는 둘의 여정이 시작되는 출발점이 되죠." 배우 에즈라 밀러는 두 사람의 관계를 이렇게 표현한다. "그들은 서로를 진정으로 사랑해요. 두 사람은 비슷한 방식으로 버둥거리죠. 서로에게 의존할 수밖에 없는 상황에 빠져, 그 안에서 스스로를 알아내려 발버둥 쳐요." 말레딕터스는 크레덴스에게 애정을 느끼며 그가 가장 알고 싶어 하는 진실은 다른 누구도, 심지어 그린델왈드도 알려 주지 못한다고 조언한다. "그는 네가 태어났다는 사실을 알 뿐이지, 누구인지는 몰라." 그리고 마치 이전의 껍질을 벗어 버리듯 크레덴스와 함께 서커스단을 탈출한다. 이렇게 갑작스럽게 자유를 얻은 두 사람에게는 동지애와 치유의 가능성이 생겨난다. "크레덴스가 그녀 안의 여성성을 밖으로 끌어내죠. 말레딕터스는 남을 보살피고 보호하는 사람으로 변해요." 수현의 설명이다.

수현은 말레딕터스를 생생하게 구현하기 위해서는 몸동작으로

레스트랭 가족묘에서의
말레딕터스(수현)와 유서프 카마.

많은 것을 이야기해야 함을 예리하게 깨달았다. 그녀는 자신의 동작에 뱀 같은 구불거림을 포함하고, 미끄러지는 듯한 성질을 표현하기 위해 몸짓을 길게 늘어뜨렸다. 이를 관찰한 인형 조종 팀 감독 로빈 가이버는 "가볍게 걷고 움직일 때조차 척추를 물결치듯 움직여서 뱀이 되어 가는 캐릭터를 아름답게 묘사했어요"라고 평했다. 이 캐릭터에게는 의상도 더없이 중요했다. 애트우드가 수현에게 입힌 레이스 드레스는 탱고에서 영감을 받은 것으로, 금속성 포일을 둘러 실제 뱀피를 쓰지 않고도 뱀의 가죽 같은 느낌을 냈다. 기본적으로는 탱고 드레스를 연구해서 만들었지만 애트우드의 말대로 "캐릭터의 환상적인 면을 가미했다". 드레스 밑단과 소매에는 뱀의 똬리를 연상시키는

주름 장식을 넣었다. 데이비드 예이츠 감독은 말레딕터스의 변신 장면을 VFX 팀과 인형 조종 팀에 맡겼는데, 가이버는 "6미터 길이 뱀 인형을 사용했"다고 밝혔다. 인형 조종 팀은 말레딕터스가 나오는 대부분의 장면에서 이 인형을 시각 참고 자료로 썼다. 배우들은 인형과 함께 연기했고, 나중에 VFX 팀이 그 위에 CGI를 입혔다.

말레딕터스는 인간 세상과 동물 세상에 발을 하나씩 걸치고 있으며, 지팡이가 없는 몇 안 되는 캐릭터 중 한 명이기도 하다. 수현은 이렇게 말한다. "말레딕터스는 완전히 다른 마법을 지니고 있어요. 본능 그 자체가 그녀의 가장 강한 힘이죠."

서커스의 언더빙들

"서커스는 불행한 마법 생물들이 사악하고 잔인한 스캔더에게 붙잡혀 있는
가장 비극적이고 우울한 장소예요." — 배우 수현

영국 워너 브라더스 리브스덴 스튜디오에
설치된 조우우의 우리.

아무리 크고 인기 있는 서커스라도 연기자가 없으면 무용지물이다.
아르카누스 서커스단에 사는 요정 혼혈, 고블린 혼혈, 트롤 혼혈 같은
언더빙들은 마법 세계 조상에게서 태어난 비마법 생물들이다. 서커
스에는 이 외에도 불을 내뿜는 용인 파이어드레이크를 비롯해 신비
한 동물 겸 연기자가 여럿 출연한다.

조우우

"조우우는 셀 수 없이 많은 수정을 거쳤어요. 제대로 표현하기까지 시간이 제법 걸린 동물 중 하나예요."
— 미술 감독 마틴 폴리

무시무시한 마법 동물
조우우 VFX 렌더링.

조우우는 고양이 혹은 용을 닮은 중국 동물이다. 코끼리만큼 몸집이 크며, 하루에 1600킬로미터를 달릴 수 있다. 초기부터 아르카누스 서커스의 일원이었던 이 동물은 수년간 학대를 당한 결과, 두려움에 빠져 자신의 힘을 못 믿게 되었다. 인형 조종 감독 로빈 가이버는 이렇게 설명한다. "여기저기 부상과 상처를 입고 심한 학대를 당했어요. 마법 동물이지만 우리가 충분히 공감할 수 있는 현실적인 이야기죠. …… 뉴트는 이걸 알아채요. 처음 만났을 때 조우우가 다리 위에서 포악하게 굴지만, 뉴트는 그 안에 감춰진 두려움을 보고 동물학자의 지식을 발휘해 자신의 가방 안에 있는 안전한 장소로 조우우를 유인하죠." 관객들은 뉴트와 티나가 프랑스 마법부의 기록실에서 탈출할 때 조우우와 다시 만나는데, 이때쯤에는 이미 뉴트와의 사이에 유대감이 형성돼 있다.

뉴트와 조우우가 함께할 때는 장면의 특성에 따라 각기 다른 인형과 기술이 사용되었다. 레드메인은 어떤 장면에서는 인형 연기자들이 조종하는 2.7미터짜리 봉에 부착된 거대한 인형과 리허설을 한 후에, 인형의 움직임을 숙지하고 나서 본 촬영에 들어갔다. 인형이 있던 빈 공간은 이후에 CGI로 채워졌다. 마음껏 만지고 밀 수 있도록 조우우의 머리를 아주 부드러운 스펀지로 만든 인형도 있었다. "그래서 뉴트가 타고 있던 스턴트 리그에서 내려올 때, 조우우와 실제로 접촉하며 교감할 수 있어요"라고 가이버는 설명한다. 사람들 사이에서는 때로 내성적이지만 동물들과 함께할 때는 빛을 발하는 성격인 탓에, 뉴트가 동물과 함께 등장하는 장면에 사실감을 불어넣는 일은 매우 중요한 사항이었다.

CIRQUE ARCANUS

갓파

물속에 사는 마법 괴물 갓파는 대부분 CGI로 제작됐지만, 손으로 오린 판지 등 단순 기술을 사용해 대역을 세우기도 했다. (판지 대역은 나중에 CGI로 덧입혀졌다.) 두 가지 방식이 동시에 사용될 때도 있었는데, 인형 조종 팀 감독 로빈 가이버는 "어린 서커스 조련사가 갓파를 문지를 때, 우리 팀원 한 명이 커다란 플라스틱 의자를 들어 실제로 문지를 만한 무언가를 마련해 줬죠"라고 설명했다. VFX 팀이 플라스틱 의자를 CGI 버전 갓파로 변환시켜 장면을 완성했다.

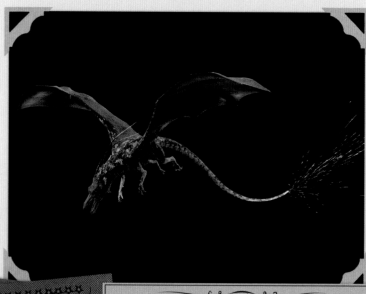

서커스단의 그래폰 콘셉트 아트.

ATTENTION
CREATURE ONLY TO BE HANDLED BY A QUALIFIED MAGIZOOLOGIST

파이어드레이크

불을 내뿜는 것으로 유명한, 용처럼 생긴 마법 동물 파이어드레이크 VFX 렌더링.

CIRQUE ARCANUS
MUSÉE DES CURIOSITÉS VIVANTES

BIZARRES
SOUS-ÊTRES MAGIQUES

VOYEZ DE VOS PROPRES YEUX LE...
KAPPA

TICKET D'ENTRÉE
ADMISSION
POUR UNE PERSONNE
No 1672
CIRQUE
ARCANUS
POUR UN: ENFANT

TICKET D'ENTRÉE
ADMISSION
POUR UNE PERSONNE
No 1672
CIRQUE
ARCANUS
POUR. UN. ENFANT

오니

J.K. 롤링은 배우 에즈라 밀러에게 아르카누스 서커스를 소개하면서, 일본의 오니를 비롯한 온갖 생명체가 모여 있는 장소라고 설명했다. 오니는 얼굴과 입에서 뿔이 자라나고 날카로운 발톱으로 무장한 거대 동물이다. 롤링은 "아르카누스 서커스는 잔인한 곳이에요. 처음에는 경이롭고 신비해 보일지 모르지만, 실제로는 괴물 쇼와 인신매매가 자행되고 있죠"라고 말한다. 오니의 날카로운 발톱은 적어도 아르카누스 서커스에서는 유용하게 쓰인다.

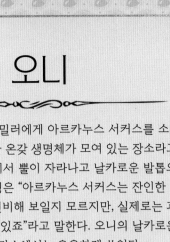

오니 콘셉트 아트.

티나 골드스틴

"캐서린 워터스턴과 호흡을 맞추는 일은 아주 즐거워요.
자신을 엄격하게 밀어붙이는 배우죠. 도전 정신이 강해요." — 배우 에디 레드메인

티나의 오러 신분증 전면과 내부.

티나 골드스틴은 대체로 자신의 직감에 따라 움직이는 캐릭터로, 그녀의 직감은 번번이 사실로 증명된다. 첫 편에서 직감을 따른 끝에 그린델왈드를 체포한 그녀는 두 번째 편에서 새로운 시험대에 오른다. 다행히 오러에게는 믿을 만한 지팡이 못지않게 중요한 자신감을 서서히 되찾아 가고 있다. 지난 편과 이번 편 사이에 많은 것이 변했지만 티나의 임무는 그대로다. 바로 크레덴스를 보호하는 일이다. 티나 역을 연기한 캐서린 워터스턴은 이렇게 말한다. "티나의 아킬레스건은 도움이 필요한 아이예요. …… 전편의 결말부에서 티나는 뉴트와 자신이 크레덴스를 지켜주겠다고 약속해요. 그녀는 자기가 내뱉은 말을 번복할 사람이 아니죠."

여동생 퀴니가 마법사가 아닌 제이콥과 사귀면서 자매는 갈등을 빚는다. "영화 내내 동생과 사이가 틀어져 있어요. 티나로서는 엄청난 손실이죠. 인생을 살면서 관계에 문제가 생길 때가 있잖아요. 제 생각에 이 부분은 그럴 때 어떻게 대처하는지에 대한 중요한 교훈을 반영하는 것 같아요. 나중에 화해하면 된다고 생각하지만, 영영 기회가 없을 수도 있죠." 워터스턴의 설명이다. 언니와 동생이 똑같이 단호하고 고집 센 성격이라 둘 사이가 교착 상태에 빠진 것 같다는 말도 덧붙였다.

동생과의 불화 외에 뉴트와의 관계도 티나를 힘들게 한다. 그가 리타 레스트랭과 약혼했다고 오해한 티나는 상처를 받고, 뉴트는 혼란스러워한다. 이러한 감정 조합은 안 그래도 어색한 두 사람 사이에 큰 짐이 된다. 하지만 그들로서는 다행하게도, 훌륭한 모험이 해결 못할 일은 없다.

워터스턴이 말을 이었다. "첫 편이 끝났을 때 이 세계로 다시 돌아갈 수 있다니 정말 행운이라고 생각했어요. …… 그런데 놀라운 일이 벌어졌죠. …… 아직도 이 영화가 처음처럼 신선하게 느껴지고, 여러 가지 면에서 완전히 새로운 경험을 하게 돼요. 멋진 배우들이 새롭게 합류해서 이야기를 전혀 다른 방향으로 끌고 가니까요." 새로운 배우들이 추가됐다는 건 새로운 관계는 물론이고 캐릭터가 더 넓게 전개될 여지가 생겼음을 뜻한다. 늘 듬직한 티나도 자기 자신을 한층 더 굳건하게 발전시킨다. 오러 자격을 되찾아 직업 면에서 한결 안정됐지만, 여전히 사건 해결을 위해서라면 체계를 우

회하는 일도 두려워하지 않는다. 의상 디자이너 콜린 애트우드는 티나의 냉철하고 누아르적인 분위기를 포착해, 진화하는 그녀의 성격에 걸맞은 새 의상을 제작했다. 첫 편에서 입었던 트렌치코트 대신 허리를 매는 스타일의 파란색 가죽 롱코트를 입힌 것이다. 언제든 출동 준비가 돼 있는 만큼 여전히 드레스나 스커트보다는 바지를 선호한다. "티나는 영화 내내 그 코트만 입어요. 그렇게 멋진 코트는 처음 보실 거예요. 아름다운 파란 가죽 옷인데 무게 빼고는 모든 게 마음에 들어요. 꽤 무겁긴 해도 실루엣이 환상적이죠. …… 진짜 형사처럼 보여요." 애트우드의 설명이다.

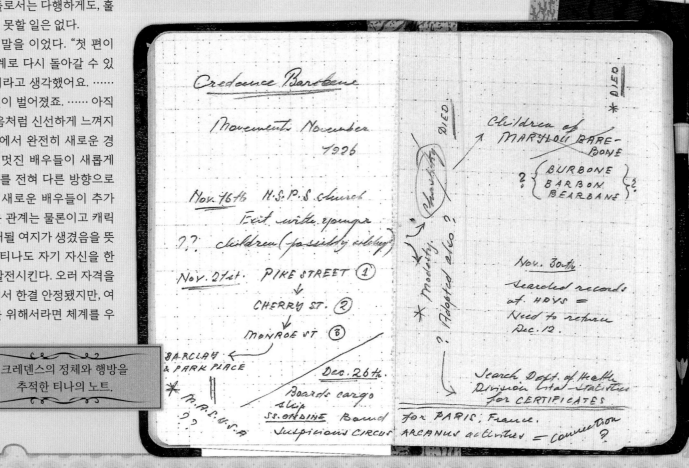

소개합니다
유서프 카마

"실제 제 모습과 굉장히 비슷해서 이 캐릭터에 꼼짝없이 빠져 버렸어요." — 배우 윌리엄 나디람

대부분의 다른 배우들처럼 유서프 카마 역을 맡은 윌리엄 나디람도 어떤 영화의 어떤 배역인지 모르는 채 오디션에 참가했다. 데이비드 예이츠 감독이 자세한 사항을 모두 비밀에 부쳤기 때문이다. 나디람은 자신이 배역을 따냈을 때 예이츠 감독이 두 팔 벌려 "이 영화의 가족으로 환영해 주었"다고 밝혔다. 그러면서 "가족이라는 그 단어를 절대 못 잊을 거예요. 현장 분위기가 정말 그렇거든요"라고 강조했다.

유서프 카마도 나디람처럼 가족이라는 개념을 중요하게 여기는 캐릭터로, 세네갈 혈통의 아프리카계 프랑스인이자 위대한 마법사의 아들이다. 나디람은 카마에 관해 이렇게 설명한다. "자기가 누구인지 정확히 몰라요. 다시 말하면 자신의 정체성을 찾고 있는 중이죠."

그는 오래전에 사고로 가족을 모두 잃고, 아버지를 대신해 복수의 칼을 간다. "아버지의 소원이 아들의 소원이 된 거예요. ……행복이라는 유산 대신 복수심을 물려받았죠. 그때부터 그의 삶이 어둠에 휩싸여요." 나디람의 설명이다.

카마는 인생에서 가장 복잡하면서도 보편적인 질문의 답을 찾는다. 나디람이 말을 이었다. "정말 매력적인 캐릭터예요. 복잡하고 세련됐으면서 내면의 갈등을 겪는 인물이죠. 그에겐 완전한 선도, 완전한 악도 없어요. 자기가 누구인지도 정확히 모르죠. 우리는 누구죠? 자기 자신이 누구라고 생각하죠? 우린 가족의 일부인가요? 문화의 일부인가요?" 알고 보니 카마와 티나는 같은 사람을 쫓고 있었다. 그의 개인적인 모험이 뉴트와 티나의 여정과 맞물리면서 카마는 새로운 궤도에 진입한다. 그리고 나디람의 표현을 빌리자면 "자신이 생각했던 것과 다른 진실을 알게" 된다.

서커스에 간 카마.

카마의 의상

"우리에겐 마법이 필요해요." — 배우 윌리엄 나디람

데이비드 예이츠 감독은 콜린 애트우드에게 카마의 의상을 주문하면서 "세상에서 제일 좋은 옷을 사서 그걸 20년 동안 입어 온 것처럼 만들어" 달라고 부탁했다. 이렇게 탄생한 카마의 정장은 옷감의 질이나 재단 상태는 최상이지만 확실히 유행이 한참 지난 것처럼 보인다. 옷에 들어간 푸른색과 회색은 파리의 풍경과 어우러져 마치 도시 전체를 소매에 걸치고 있는 듯한 느낌을 풍긴다.

유서프 카마의 의상 스케치와
직물 견본.

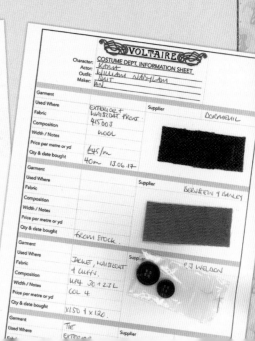

THE
PREDICTIONS
OF
TYCHO
DODONUS

Yusuf Kama

카마의 은신처

파리 하수구에 자리 잡은 카마의 은신처는 수상쩍은 마법사가 가족의 복수를 계획하는 축축하고도 비밀스러운 장소다. 세트 제작 팀은 자신들의 작업실에서 미술 팀의 종합 계획과 도안을 꼼꼼히 확인하며 은신처 세트를 만든 후에, 이를 분해해서 스튜디오로 옮겨 촬영 전에 재빨리 재건하며 필요한 부분을 수정했다.

제작 팀은 수조에 물을 채우고 동굴 같은 배관을 벽돌로 빙 둘러 하수구의 모습을 재현했다. 디자인은 구석구석까지 세심하게 다듬어졌다. 물은 탁해서 진짜로 하수구 짐승이 숨어 있을 것만 같고, 벽돌은 이가 빠지고 낡아 보이며, 서류와 공책, 몇 권 안 되는 소장 도서 등 카마의 개인 물품들은 사방에 널려 있다. 조명 팀과 촬영 팀은 마지막으로 조명을 위에서 아래로 비춰 세트의 다른 부분을 깜깜하게 만들어 지하 같은 느낌을 완성했다.

카마의 은신처 안에서 길을 찾는 뉴트.

À DETACHER AVANT LE CONTRÔLE
MÉTROPOLITAIN
1 ÈRE CLASSE
À LA SORTIE, JETER DANS LA BOÎTE
2. 16. K
28910542

SOUPA
DE
MANUFACTURE FRANÇAISE
ALLUMETTES SOUFRÉES
100   10c

ATTENTIO
COURAN

DANGER
MONTÉE DES

갑작스러운 공격을 받아 꼼짝없이 바닥에 드러누운 카마.

소개합니다
니콜라스 플라멜

"배우에게 가장 중요한 도구는 상상력이에요.
상상력이 생명인 이런 영화를 촬영하는 일은 두말할 것
없이 환상적이죠." — 배우 브론티스 조도로브스키

니콜라스 플라멜은 14세기 프랑스에서 활동한 실제 연금술사를 바탕으로 만들어진 캐릭터다. 그래서인지 배우 브론티스 조도로브스키가 니콜라스 플라멜로 변해 가는 과정은 연금술과 조금 닮았다. 〈해리 포터〉 시리즈의 팬이라면 그가 알버스 덤블도어의 절친한 친구이자 동료이며, 마법사의 돌을 만든 장본인이라는 사실을 잘 알 것이다. 불로장생의 약을 제조하는 그 전설의 돌 말이다. 그 밖에 플라멜에 관해 알려진 사실은 아주 오래오래 살았다는 것뿐이다. 600살 정도라고 알려져 있지만, 대체 누가 알겠는가? "이 시리즈의 두 번째 편에 니콜라스 플라멜이 나온다는 소식에 반가워하는 분들이 많을 거예요. 수수께끼 같은 인물이라 더욱 궁금증을 자아내니까요. 게다가 실제로 존재했던 유일한 캐릭터잖아요." 조도로브스키의 말이다.

〈그린델왈드의 범죄〉에서 플라멜은 활기차게 (그리고 대체로 아주 정정하게) 등장한다. 하지만 조도로브스키는 팬들의 기대에 부응하는 생생한 캐릭터를 만드는 일이 엄청난 도전이었다고 고백한다. 그는 J.K. 롤링이 창조한 캐릭터에 집중하기 위해 각본에 매달렸고, 마지막으로 소도구와 얼굴 보철물의 도움을 받아 캐릭터 속으로 들어갔다. 분장에만 하루에 서너 시간씩 걸렸는데, 플라멜에 관해 고민

위대한 연금술사이자 마법사 니콜라스 플라멜(브론티스 조도로브스키) 비하인드 사진.

PLACE DE MONTMORENCY

플라멜 자택 앞 표지판.

하며 말 그대로 그를 피부 깊숙이 받아들이기에 충분한 시간이었다. "이 캐릭터를 완전히 깨닫게 됐다고 하면 너무 거만하게 들리겠지만, 캐릭터는 이런저런 상황 속에서 발견하는 법이죠. …… 네 시간씩 명상을 하다 보면 누군가의 마음을 완전히 이해할 수 있어요. 게다가 얼굴까지 그 사람으로 바뀌면 더욱 강력한 깨달음이 오죠. 머리에 가발도 쓰고, 모든 것이 바뀌니까요." 조도로브스키는 손까지 나이 들어 보이게 분장했고, 보철물을 하고도 자연스러운 느낌을 주기 위해 자신의 몸동작에 캐릭터를 녹여 냈다. "이 캐릭터가 몸을 어떻게 움직일지 끊임없이 머릿속에 그려 보고 있어요. …… 하지만 이건 상상일 뿐이지 600년이나 산 사람이 실제로 어떨지는 알 수 없죠. 이 인물은 지금 어떤  낸 사람이

사람이

남다른 시

살아온 세

…… 그래서

죠. '그게 인

툼과 투쟁이

않았지만

그린델왈드

처한다.

수백 년 묵은 옷을 입고 있는 플라멜.
세월의 흔적을 위해 옷감을 일부러 닳게 했다.

플라멜이 만든 마법사의 돌.

니콜라스 플라멜의 집

미술 팀은 파리의 도시화와 흐르는 세월이 플라멜만은 비껴갔다고 가정하며 그의 집을 제작했다. 도시의 다른 부분은 발전을 거듭했지만, 이 집만은 여전히 구식 돌벽으로 방을 장식한 중세풍 목조 구조를 고집한다. 미술 감독 마틴 폴리는 플라멜을 "홀로 뒤에 남겨진 사람"이라고 표현한다. 건물 내벽은 거의 뒤틀리고 휘었으며, 세월의 무게를 이기지 못한 바닥은 심하게 구부러졌고, 계단은 한쪽으로 기울었다. "모든 게 나이를 먹으며 비틀어진 거죠." 폴리의 설명이다.

플라멜의 갖가지 소지품들.

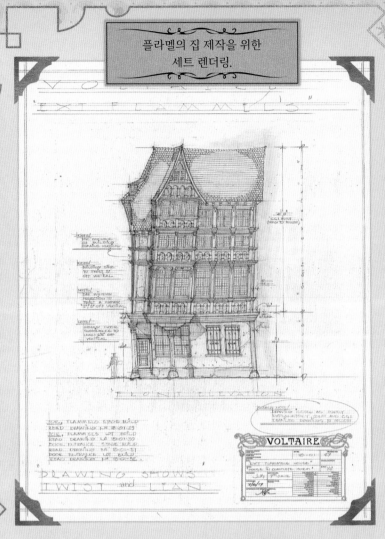

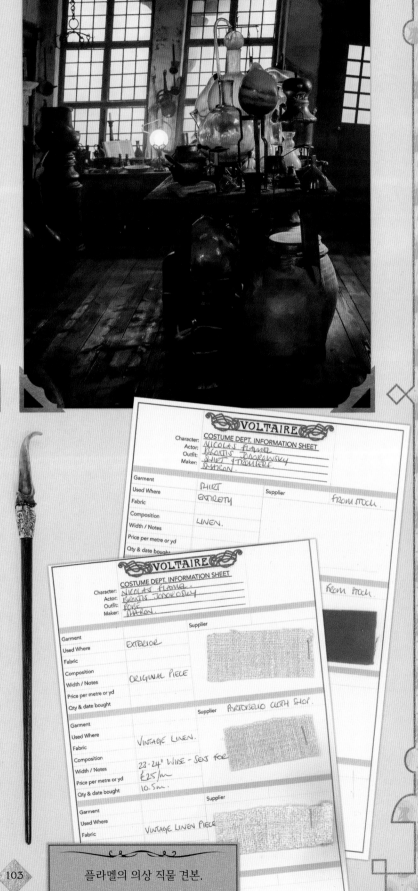

니콜라스 플라멜의
지팡이와 의상

**"배우로서 한 캐릭터를 맡는 건 새로운 사람을 만나는 일과 같아요.
하루하루 연구하고 촬영하면서 그 캐릭터를 조금씩 더 알아 가죠."**
— 배우 브론티스 조도로브스키

용의 발톱으로 장식한 플라멜의 지팡이는 모두의 눈길을 사로잡을
만큼 독특하게 생겼다. 조도로브스키는 "전래 동화 같은 걸 보면 제
자가 우여곡절 끝에 스승을 구하는데, 사실은 스승 쪽에서 올바른 제
자를 찾아낸 거라는 이야기가 많잖아요. 어떤 면에선 이 지팡이가 제
스승이에요"라며 지팡이의 중요성을 강조했다. 그러나 지팡이가 화
려한 데 반해 의상은 놀랍도록 단순하다.

　패션의 도시 파리에서 플라멜은 길을 잘못 든 사람처럼 보인다.
소매는 너무 기다랗고, 신발은 너무 뾰족하다. 아무리 봐도 당시의 유
행에 맞춰 제작된 옷은 아닌데, 그렇기에 플라멜의 캐릭터를 기가 막
히게 잘 전달한다. "입는 즉시 인물의 신체적 특성을 익히게 되죠. 소
매가 원체 길어서 그것과 함께 움직여야 하거든요." 조도로브스키의
설명이다.

플라멜의 의상 직물 견본.

마법 책

"우린 J.K. 롤링에게서 최대한 많은 정보를 캐내려고 해요."
— 그래픽 디자이너 미라포라 미나

니콜라스 플라멜에게는 지팡이와 연금술 외에도 자유자재로 사용하는 도구가 또 하나 있다. 바로 그와 친한 동료들 사이를 이어 주는 마법 책이다. 그래픽 디자이너 미라포라 미나는 이 책을 '마법사 소프트웨어'라고 표현하며, 글로벌 메신저 서비스 프로그램 왓츠앱(WhatsApp)의 마법사 버전에 비유했다. 이처럼 첨단 기술을 자랑하는 만큼 내부 페이지는 CGI로 구현되지만, 표지는 그 시대에 맞는 골동품처럼 디자인했다. 미라포라 미나와 에두아르도 리마는 이를 위해 빅토리아 시대의 사진첩을 참고했다. 당시의 책들은 가죽 툴링과 스탬핑(무늬를 새기고 찍어 넣는 기술—옮긴이), 음각, 금속 걸쇠나 아름답게 장식된 자물쇠 등의 철물, 섬세한 표지 디자인을 갖춘 건축적인 구조를 지닌 경우가 많았다. "사실은 의사소통을 위한 도구라는 사실을 아니까, 책이라기보다는 하나의 물건으로 생각했어요. 아주 구조적인 물건이죠." 미나의 설명이다. 크리스털과 룬 문자 등을 넣어 더 '마법적'으로 꾸밀 수도 있었지만, 핵심은 그게 아니었다고 말한다. 하나의 프로그램으로써 실용적이고 너무 튀지 않는 것이 더 중요했다. 주인인 마법사가 자기 서재에 꽂아 놓아도 아무도 눈치 못 챌 정도로 말이다.

그래픽 팀은 런던에 위치한 유명 제본소와 협력해 책등이 두 개인 디자인을 개발했다. 측면이 아니라 가운데에서 책이 열리는 구조다. 페이지마다 손으로 꿰매 책등에 고정시켰기 때문에 책을 열면 페이지들이 평평하게 펼쳐지는데, 이는 CGI 화면을 제대로 구현하기 위해 필수적인 요소였다. 이런 화면은 〈해리 포터〉 시리즈의 초상화와 비슷하게 마법사들이 그 위치에 있는지를 실시간으로 "포착"한다. (누군가가 자리를 비운다면 화면에는 빈 공간이 보인다.)

105

파리

> "1920년대 파리는 창의적이고 예술적이고
> 사회적인 사상이 한데 녹아 있는 진정한 용광로였어요.
> 아주 활기찬 시대였죠." — 감독 데이비드 예이츠

책임 프로듀서 팀 루이스는 파리 세트 디자인을 이렇게 설명한다.
"사실에 충실한 세트예요. …… 우린 가공의 도시를 건설하지 않았거든요. 거의 당시에 실존했던 것들에 근거해서 만들었어요." 동시에 그는 다음 사실도 인정했다. "J.K. 롤링은 각본에 아주 구체적인 장소를 명시해 놓았어요. 자료 조사를 바탕으로 집필했다는 걸 분명히 알 수 있죠. 우린 늘 각본을 중심에 두고 롤링이 써 놓은 것들을 철저히 따르려고 했어요." 다이애건 앨리가 〈해리 포터〉 시리즈의 중요한 배경이었듯이, 이 영화에서는 빵집과 정육점, 카페가 중요한 역할을 한다. 파리의 비마법 세계는 마법 세계를 든든히 받쳐 주며, 관객들에게 아름답고 로맨틱했던 1900년대 초의 풍경을 선사한다.

프랑스 마법부로 향하는 뉴트와 티나.

파리 세트의 상점 진열창과 상품 라벨, 실내 모습.

그래픽 아트
미라포라 미나와
에두아르도 리마

그래픽 팀의 스튜디오 내부 모습.

"그래픽 디자이너로서,
우리는 모든 소품에서 이야기가 흘러나오게 해요."
— 그래픽 디자이너 미라포라 미나

그래픽 디자이너 미라포라 미나와 에두아르도 리마는 프로덕션 디자이너 스튜어트 크레이그와 세트 장식가 애나 피녹 및 VFX 팀과 협력하며, J.K. 롤링의 마법 세계를 현실로 구현하는 데 필수 불가결한 역할을 맡고 있다. 〈해리 포터〉 영화에 참여했던 두 사람은 〈신비한 동물〉 시리즈에도 두 번 모두 승선했다. 티나의 MACUSA 신분증과 마법사 신문 일면, 〈해리 포터〉와 〈신비한 동물〉 시리즈의 현상 수배 포스터, 파리 상점 광고와 상품 라벨부터 가격표에 이르는 각종 알림표 등 그래픽 디자인이 필요한 모든 요소에 이들의 손길이 닿았는데, 시각화해야 하는 세상이 광범위한 만큼 작업량도 방대했다. 실제 세계의 그래픽과 마법적인 요소 사이의 균형을 맞추면서 양쪽에서 영화적 표현법을 찾는 일이 가장 어려웠다고 그들은 말한다.

미나와 리마는 〈그린델왈드의 범죄〉를 작업하는 중에 종종 자신들이 〈해리 포터〉 시리즈에서 사용한, "마법 세계로 전환하기 전에 먼저 모든 걸 현실에 뿌리내리도록 하는 데 중점을 둔" 디자인 체계와 언어를 참고했다. "그래야 관객들이 친숙하게 다가오다가 조금 더 가까워지면 완전히 다른 세상, 즉 마법 세계라는 걸 느낄 수 있"다고 미나는 설명한다. 이를 보여 주는 가장 좋은 예는 신문이다. 얼핏 보면 평범한 인간 세상의 신문 같지만 자세히 들여다보면 마법 세계에서 일어나는 사건들로 가득 채워져 있다. 사진이 움직이고, 헤드라인이 변하는 기사들은 때때로 영화의 흐름을 설명하거나 예고한다. 그래픽 팀은 마법 세계와 비마법 세계 모두를 디자인하지만, 리마는 본심을 숨기지 않는다. "마법 세계를 작업할 때가 훨씬 재미있어요. 아마 다른 팀과 배우들도 마찬가지일걸요."

그래픽 팀은 1920년대 파리의 외관과 분위기를 조사하기 위해 빛의 도시 파리를 직접 방문했다. "남들이 특별히 신경 안 쓸 만한 세세한 부분에 푹 빠져 보려고 노력했어요. 뭐랄까, 우리만의 작은 사치를 누렸죠. 활자와 광고, 삽화, 인쇄술, 물건 제조 방식 등을 두루두루 살폈어요." 미나의 말이다. 이런 디테일들은 그래픽 팀의 창작 노트에 추가되어, 디자인 구상을 개념화할 때마다 종종 이용되었다. 미나는 "참고 자료를 보면서 그 시대를 포착하려고 노력하지

크레덴스의 입양 증명서를 마지막으로
손보고 있는 그래픽 디자이너 미라포라 미나.

《타이코 도도너스의 예언》 책에 낡아 보이는
효과를 입히는 미라포라 미나.

만, 결과물은 완전히 새롭고 독창적이어야" 한다고 말했다. 상점 간판에서 거리 표지판까지 영화에 들어간 활자는 대부분 실제 그 시대에 쓰인 서체를 스캔해서 당시의 느낌을 생생하게 살렸다.

그래픽 팀의 강점은 디테일에 있다. 《르 크리 드 라 가고일》에 들어간 별자리 운세와 부고, 재치 있는 기사 제목 등은 화면에 비춰지든 안 비춰지든 상관없이 모두 세심하게 공들여 완성되었다. 미나와 리마는 그래픽이 다른 어떤 소품 못지않게 중요한 요소라고 생각하며 꼼꼼하게 디자인했다. 그래픽 팀은 이번 영화를 위해 뉴트의 저서 《신비한 동물 사전》을 만들었는데, 1926년에 출간된 책이라는 점을 염두에 두고 마법 세계에서 이 책을 발행한 옵스큐러스 출판사라면 어떻게 디자인했을지 상상하면서 검은색과 금색으로 눈부시게 장식했다. 플라멜이 사용하는 마법 책 역시 그래픽 팀에서 제작했다. "사진첩처럼 생겼는데, 책을 열면 같은 그룹 안에 있는 마법사들과 대화할 수 있죠"라고 리마는 설명한다. 레스트랭 가문의 가계도를 만드는 일도 그래픽 팀의 몫이었다. 나무처럼 생긴 가계도의 한쪽 면은 J.K. 롤링이 이미 완성해 놓았고, 나머지 반을 미나와 리마가 맡았다. 미나는 "그런 작업은 해 본 적이 없어요"라고 인정하면서 "제대로 하기 위해 빈틈없이 꼼꼼하게 작업해야 했죠"라고 말한다. 계보학자, 언론인, 출판인 등 여러 역할을 동시에 수행한 그래픽 팀은 침착하게 맡은 일을 완수해 냈다.

장식과 레터링
줄리언 워커

장식 및 레터링 아티스트 줄리언 워커는 그래픽 팀의 작업물을 넘겨받아 채색, 스크린 인쇄, 스텐실 등으로 건물 표면이나 소품에 디자인을 구현한다. 워커는 "물론 파일째 그래픽으로 옮기는 기술도 있지만 연출진은 직접 손으로 만든 느낌을 원"한다고 말하며 "그래서 우리는 주로 오래된 기술을 현대적인 방식으로 이용해요"라고 이야기한다. 이 영화를 앞두고는 구시대적 글씨체와 그래픽은 물론이고 뉴욕과 런던, 파리의 고유한 개성을 담은 수공품까지 만들어야 했다. 혼잡하고 경쟁이 심한 뉴욕 같은 도시에서는, 워커의 표현에 의하면 "단순할수록 좋다"는 논리가 통했다. 이와 반대로 파리의 거리는 더욱 웅장하고, 상점 간판은 더 세련되게 제작되었다.

파리 길거리 곳곳을 장식할 포스터들.

마법사 신문

《뉴욕 고스트》가 북미 지역 마법사들의 신문이라면, 파리에서는 《르 크리 드 라 가고일(가고일의 외침)》이 가장 대중적이다. 이들은 인쇄할 가치가 있는 모든 뉴스를 자세하게 다루며 "서커스단의 대참사" 같은 헤드라인으로 독자의 이목을 집중시킨다. 에두아르도 리마가 이번에도 신문 작업을 맡아, 당시 언론을 모방한 우스꽝스러운 광고와 심각한 기사로 지면을 꽉꽉 채웠다. 또 신문 속 움직이는 이미지를 만들기 위해 그래픽 팀이 디자인 안에 그린스크린 패널을 넣어, VFX 팀에서 이를 디지털로 조작할 수 있도록 했다.

LES GARGOUILLEMENTS FABULEUX DES NOUVELLES FRANÇAISES

LE CRI DE LA GARGOUILLE

2ᵐᵉ ÉDITION DE PARIS · LUNE EN LION · 1927 · Nº 221254 · 25 CENTIMES
Directrice · Danielle Amorinus

Éditorial

LES SORCIERS FRANÇAIS SONT TERRORISÉS

E turpis id mattis. Morbi non sagittis nisl, sed rhoncus varius efficitur a purus sit amet tristique. Mauris tellus arcu, interdum tristique mauris posuere non, quis eu leo quam congue dapibus. Donec ut aliquet lorem rhoncus congue lectus. Cras risus lorem fringilla a pharetra ut consequat ut nisl. Mauris lacinia sem vitae nunc. Cras eu vestibulum libero, in nibus dolor. Donec facilisis porttitor vestibulum. Suspendisse in nisl sodales, elementum ipsum sit amet, sollicitudin augue. Integer in justo vestibulum ligula porttitor ornare non a orci. Cras natoque gravida. Nam parturient montes, nascetur ridiculus mus. In eu lacinia metus. Nulla eget nisl at eros porta lacinia. Vestibulum ante mauris, vehicula nec eros ac lacus ullamcorper mauris. Phasellus placerat velit et tristique tempus facilisi. Etiam pretium tempus iaculis. Mauris facilisis dui lorem, iaculis porta nibh congue nec. Maecenas tortor metus, finibus ac feugiat sit amet auctor eu nibh. Pellentesque placerat urna elit ac egestas massa placerat aliqu.

Éditeur · Maurice Pinho

(Voir la suite 2ᵉ page)

LA SÉCURITÉ FRONTALIÈRE SOUS PRESSION

D it. Sed quis eros sagittis, ultrices urna vel aliquam nibh erat nisl. Phasellus semper, turpis at tincidunt pretium, pulvis sem eget venenatis ex sem dolor. Donec fringilla ligula id mauris ultrices, quis porttitor enim scelerisque. Duillam ut vestibulum ante. Aliquam auctus mi molestie eros tincidunt blandit, fusce ut aliquet arcu, iaculis tincidunt finibus, fusce laoreet ipsum. Duis tempus gravida lorem viverra. Curabitur gravida lorem et lectus dignissim facilisis. Sed tincidunt dui in lacinia.

L milanus faucibus at venenatis a, rhoncus sed dui. Aliquam vel nisi, at tincidunt urna in scelerisque a el a luctus, id blandit mauris imperdiet. Suspendisse id gravida quam quis ut turpis. Aliquam at tincidunt dui. Nulla at mauris vel sem iaculis pulvinar. Ut vestibulum lorem risus, tempus eget dictum id consequat. Fusce rhoncus mauris at mauris bibendum ut, ultricies tortor sagittis. Donec accumsan consectetur adipiscing. Cras eu vulputate risus. Donec a commodo sem sed venenatis dapibus. Donec imperdiet urna vel nibh lacinia, vitae feugiat elit blandit.

Directrice · Danielle Amorinus

(Voir la suite 2ᵉ page)

Exclusivité

DES SORCIÈRES DE CAXAMBU APPARAISSENT À VERSAILLES

Palais de Versailles

U suspendisse in nisl sodales, elementum ipsum sit amet, augue in justo vestibulum ligula porttitor a ornare orci. Nam varius natoque gravida at magnis dis parturient montes, nascetur ridiculus mus. In eu lacinia metus. Nulla eget nisl at eros porta lacinia. Vestibulum ante mauris.

Verinha Matvick

(Voir la suite 7ᵉ page)

3000 PIÈCES DE MONNAIE TROUVÉES SUR UN NIFFLER À CANNES

il était si lourd qu'il ne pouvait plus marcher!

L udum convallis. Ut ultrices in s nisl condimentum, enim sed gravida quis elementum dui enim aliquet. In pur

(Voir la suite 13ᵉ page)

EN EXCLUSIVITÉ EN EXCLUSIVITÉ EN EXCLUSIVITÉ

CATASTROPHE AU CIRQUE

Département de La Magie · Paris

A pharetra dolor. Maecenas eros ex, suscipit vel lorem vitae, ulis mi? Maximus lacus nisl, commodo eget congue sed, elit sagien. Curabitur sed felis in tortor malesuada porttitor id eu leo. Proin at felis mi. Sed dapibus nibh et leo interdum, fermentum malesuada nisi efficitur. Proin diverentum, amet interdum euismod, turpis quam sollicitudin nisl, ac lacinia neque risus in ipsum. Interdum et malesuada fames ac ante ipsum primis in faucibus? Pellentesque tempus pretium odio amet nisl, vel varius natoque gravida eu et magnis dis parturient montes, nascetur ridiculus mus. Nam ammesan leo condimentum rhoncus. Cras at massa ligula. Mauris ullamcorper magna dictum bibendum. Pellentesque vitae odio imperdiet, dapibus arcu ut, aliquet dui. Maximus id nunc eu turpis feugiat tincidunt commodo fringilla. Sed tristis pellentesque risus aliquam fringilla. Pellentesque feugiat sit amet arcu id aliquet. Phasellus venenatis mat ut laoreet fringilla, turpis vel amet feugiat lacus, enim turpis porttitor dui vitae commodo nem sapien eu sem. In urna mat fermentum iaculis lacinia gravida, venenatis ut risus commodo tincidunt ipsum in faucibus est. Vestibulum vel leo ex amet a at sem scelerisque felis, ac facilisis nisl. Duis nec nisl luctus, mattis risus non iaculis sed. Quis enim augue ru, elementum sed erat quis mattis dictum mi. Aliquam erat volutpat. Cras vel orci sed orci justo nec eleifend condimentum ac facilisis a lorem. Nam consectetur nunc dolor at velit. Donec sit amet eleifend sem, et interdum nulla. Vivamus semper libero et. Maecenas vel ipsum lectus. Pellentesque a scelerisque mi.

H. Linneaux

RECOMPENSE POUR LA CAPTURE

Cirque Arcanus · Paris

M purus, nullam in felis in felis et tortor volutpat. U mortis mi, ut ullamcorper justo tristique ac. Cras non massa. Phasellus rutrum vel enim nec eleifend. Quisque lobortis vel metus vitae bibendum. Proin ac sapien vestibulum dictum a rutrum. Vestibulum luctus cursus odio. In pulvinar nibh. Duis et metus eget metus vulputate auctor. Donec augue metus consequat at condimentum vitae aliquet odio. Sed iaculis eu ius non sed vestibulum luctus vestibulum sit amet. Integer quam mi tincidunt gravida sem in sodales fringilla metus. Duncan lobortis felis. In hac habitasse platea dictumst non augue a nulla. Aenean semper a tempus at vel justo. Integer nibh sem, ultricies at ante sit amet, mollis cursus. Nulla vitae turpis venenatis sit amet elit nec fermentum rutrum tortor. Donec orci justo, auctor ac faucibus vitae, sodales vitae urna. Donec et interdum augue. Cras luctus feugiat dui, fringilla auctor dolor consectetur eu. In eleifend nunc dolor eu gravida perdisgestibus id. Sed blandit tellus id consectetur felis. Pellentesque facilisi. Lauret vel hendrerit lobortis, risus quam porttitor nulla, consectetur nunc dolor at velit. Donec sit amet eleifend sem, et interdum nulla. Maecenas vel blandit massa porta sagittis. Cras imperdiet vitae justo a dignissim at justo lig.

Luchiane Almeideaux

(Voir la suite 7ᵉ page)

DES MAGES NOIRS SONT PARMI NOUS

Bureau de la Justice Magique · Cannes

O vehicula? Vestibulum mattis quam primis in faucibus non ultrices posuere cubilia Curae. Aenean ornare ante nec tincidunt vulputate metus. Proin vitae interdum finibus. Curabitur et nisl massa. Praesent dapibus consequat. Morbi eu laoreet velit, quis tincidunt sem? Vestibulum at urna aces vel pulvinar odio. In ullamcorper. Nulla aenean dolor ullamcorper blandit. In laoreet nulla. Vivamus semper libero et. Eget augue pharetra hendrerit mi et. Eleifend dui. Suspendisse vel scelerisque nisl at blandit cursus. Pellentesque sagien leo. Ut fringilla at eu dapibus vulputate non velit. Vestibulum ante ipsum vivam.

(Voir la suite 3ᵉ page)

MONA LISA OUBLIE DE RETOURNER DANS SON CADRE

J'étais distraite! prétend-elle

R lacus purus pharetra. Vestibulum luctus nec nonpecu nunc elit ante facilisis sit amet varius eget ullamcorper tortor. In faucibus orci vel enim rutrum varius mattis ultrices. Curabitur vestibulum aliquet augue eu aliquam. Eleifend neque viverra mattis tellus dolor tempus. Pellentesque in magna lorem.

Alice Tolipanner

(Voir la suite 4ᵉ page)

LES CRÉATURES S'ÉCHAPPENT

R Phasellus cursus neque volona neque convallis diam sed in nisl dolores. Ut tempor ac nunc a lacinia aliquet eu in quam urna a rutrum ac justo id. Gravida tempor nisi. Vestibulum laoreet risus, tempus eget dictum id consequat. Fusce rhoncus mauris at mauris bibendum at, ultricies tortor sagittis. Donec accumsan consectetur adipiscing. Cras eu vulputate risus. Donec a commodo sem sed quam. Nulla mollis lobortis sed elementum quisque laoreet mi molestie. Integer aliquam pretium dictum. Pellentesque tristique senectus et netus et malesuada fames ac turpis egestas. Etiam fringilla id tortor justo, quis volutpat quam faucibus. Fusce at imperdiet lorem. Morbi semper a eros ac luctus. Vivamus scelerisque molestie nulla, nec molestie.

(Voir la suite 4ᵉ page)

Dernières Nouvelles

Le Bureau de la Justice Magique va publier un pamphlet d'avertissement

Bureau de la Justice Magique · Calais

E vestibulum ante ipsum primis in faucibus orci luctus et ultrices posuere cubilia Curae. Pellentesque fermentum aliquam finibus. Pellentesque volutpat nibh dolis fringilla et sagittis dui. Pellentesque volutpat nibh posuere felis. Integer at ipsum molestie sed feugiat ullamcorper odio. Donec ultrices volutpat tortor, ac dapibus orci feugiat eget. Aenean malesuada felis odio, vitae tempus ante iaculis dui. Mauris non dapibus massa. Donec iaculis sed arcmole tetat auctor vehicula. Cras sed felis sed tortor lacinia dictum. In aliquet augue bibendum. Etiam purus purus, aliquet at imperdiet a, facilisis eget neque. Curabitur molestie nisl et interdum gravida. Aenean non enim at mauris tempus tempus.

7ᵉ page

Nouvelles Breves

Un mystérieux serpent géant à deux têtes trouvé dans les grottes de Lascaux

UNE GRENOUILLE ENCHANTÉE SAUTE AU-DESSUS DE LA TOUR EIFFEL

«NAPOLÉON ÉTAIT UN MAGICIEN» RÉVÈLE MAGILLARD DANS UN NOUVEAU LIVRE

DES AURORS DE L'ÉTRANGER ARRIVENT EN FRANCE

Département de La Magie · Paris

L suscipit. Etiam eu gravida magna. Sed a commodo porta vestibula, feugiat vel id rutrum lectus convallis sed tempor sagittis tristique? Vivamus semen sit tempor purus eros facilisis venenatis a, justo. Nulla lacinia ut odio ac congue arcu accumsan. Phasellus quis urna convallis, ornare ex quis dictum augue. Donec consectetur justo non turpis placerat vestibulum? Vivamus nec tortor ac dui tristique mattis. Bibendum nisl necnisl fermentum vitae ammsan vel blandit ipf. Vivamus at libero ultrices cursus ipsam non condimentum massa. Mauris at tortor ipsam. Aliquam vulputate, et tortor luctus, interdum tortor feugiat, in semgan a bibendum vitae ex. Etiam iaculis est vel mauris ullamcorper vehicula.

M. Guillory demande aux sorciers de ne pas rejoindre l'armée de GRINDELWALD

I euismod felis laoreet intar. Quisque posuere sagittis ulla vitae metus sed libero sagittis aliquet. Maecenas ut nentum pharetra ipsum a, lacinia sapien. Aenean tincidunt euismod vel aliquam tellus pretium ac. Etiam libero at amet facilisis rutrum non quam. In aliquet tempus auctor enim vitae eleifend consequat. Duis mattis lectus ut tincidunt semper, leo est varius leo tortor auctor enim non vestibulum vestibulum scelerisque. In bibendum bibendum facilisi. Morbi ut libero bibendum, eleifend sem vestibulum sed convallis odio. In Phaaris rutrum a acofbel lobortis. Mauris sed lorem mauris. Vestibulum fermentum quam a neque ornare eleifend vel augue dui. Quisque bibendum dui sed bibendum, in ultricies magna maximus. Nulla dapibus elit St pharetra rutrum, dolor magna congue erat, et scelerisque eros.

Rosana Hatffelds

(Voir la suite 6ᵉ page)

DERNIÈRES NOUVELLES

Les œuvres inédites de MALECRIT trouvées dans la grotte des Dragons!

La Grotte · Avignon

D at feugiat metus enim vehicula odio. Maecenas eros cursus felis tempus, bibendum dignissim sapien. Suspendisse tincidunt nibh et lobortis pellentesque, nibh augue cursus elit, pulvinar lobortis leo nisl eget diam. U auctor tempus ultrices. Ut elementum luctus dolor quis iaculis. Vestibulum tempor fringilla a egestas a urna leo dui risus. Aenean in erat ultrices, blandit nisl vel lacinia lorem.

Pedro Figueiredco

(Voir la suite 15ᵉ page)

UN CAMEMBERT EMPOISONNÉ TUE UN LAPIN GÉANT

A mollis justo quis elementum diam. In ac diam dictum. Sed ac fringilla, feugiat ed nibh justo dolor quis aenean massa. Suspendisse tincidunt nibh et lobortis pellentesque, nibh quam in sodales erat. Vestibulum nec diam volutpat neque congue a massa vitae sed diam. Nullam sapien leo fringilla et odio ac lobortis condimentum nisl. Dam *Anne Limonne*

(Voir la suite 19ᵉ page)

Faits Divers

LA SORCIÈRE ROUSSE APERÇUE À LYON

(Voir la suite 22ᵉ page)

Un magicien Animagus dans l'affaire du canard

(Voir la suite 17ᵉ page)

Comment contrôler votre grenouille

(Voir la suite 15ᵉ page)

Bref

Mr. Sanfin a importé des chaudrons avec des fonds

volutpat nunc vel volutpat interdum, nisi ipsum fringilla lorem, eu posuere nisl ipsum at eros. Suspendisse potenti. Donec ac eleifend tortor, et malesuada arcu. Suspendisse lobortis suscipit

Les chapeaux volants s'échappent du magasin Bonnetvolant

at vel pretium. Curabitur nisl mauris est varius elit vitae amet. Nulla facilisi. Nullam convallis, sapien sit amet porttitor tempus, neque velit euismod massa sed tincidunt metus dolor at nunc.

Note Du Jour

Révélation de M.K. RAMMELLE - l'ingrédient secret de mes caramels

M vestibulum nisi mi at bibus libero mattis aliquet plus. Cras convallis dignissim orci vitae euismod a samauage ac quam euismod a malesuada mattis. In leolectus et leo volutpat viverra. Sed mattis quis ipsu. Mauris a arcu nisl. Curabitur odio nisl,

a dictum ut. Donec sed risus sagittis, mi et tincidunt sollicit, mi tacili suscipit augue metus.

M.K. Rammelle

(Voir la suite 7ᵉ page)

SCANDALE DE POTION MAGIQUE CHEZ LES ÉTUDIANTS DE BEAUXBÂTON!

(Voir la suite 4ᵉ page)

L'Arc de Triomphe n'est pas un portoloin, rappelle le Département de la Magie

(Voir la suite 12ᵉ page)

La Vie Sportive p.12	Bulletin Commercial	Spectacles: Au Théâtres	Le Coin de Nicolas Flamel
Gaston McAaron fait un don d'uniformes de quidditch à de jeunes magiciens	5 Façons d'économiser vos BEZANTS! *(Voir la suite 14ᵉ page)*	'JEANNE D'ARC MAGIQUE' p.18 la comédie musicale fascinante commence bientôt	Les énigmes de l'Alchimie résolues *(Voir la suite 11ᵉ page)*

19 · **27**

2ᵐᵉ ÉDITION DE PARIS · LUNE EN LION 1927

Nº 22254 · 25 CENTIMES

Imprimerie Gargouille · Paris
Le Gérant : E.A.L. Filhous

LE COIN DE Tatan Paulette

elit. Class aptent taciti sociosqu ad litora torquent per inceptos himenaeos. Lorem ipsum dolor...

Exclusivité

TOUS LES BILLETS ONT ÉTÉ VENDUS! La pièce 'TO BRIE OR NOT TO BRIE' s'est jouée à guichets fermés

Paris

Lorem ipsum dolor sit amet...

UN CHAPEAU RARE DE BONHABILL RETROUVÉ À MONTMATRE

Lorem ipsum dolor...

10 Bézants de Rédaction
pour l'achat de votre nouvel astrolabe en présentant ce coupon chez

LUNA ET AURORE JUMELLE

LES CRÉATURES DES PYRÉNÉES SONT-ELLES RÉELLES?

Lorem ipsum dolor...

AVIS

LA TOUR EIFFEL N'EST PAS UN PORTOLOIN!

ATTENTION!

TOUTES PERSONNES ESSAYANT D'UTILISER LA TOUR EIFFEL À CET USAGE SERA INTERPELLÉ!

AVIS
No. 221254 ELM

MINISTÈRE DES AFFAIRES MAGIQUE DE LA FRANCE

Dernières Nouvelles

LA NOUVELLE SENSATION LITTÉRAIRE DU MONDE MAGIQUE

"Les Animaux Fantastiques et où les Trouver"

de Newt Scamander bientôt disponible en français chez

Magillard: Plumes et Tome

Déjà disponible en anglais

297 BAGUETTES VOLÉES À LA BOUTIQUE DE BAGUETTES COSME ACAJOR

Lorem ipsum dolor...

CHAUDRONS DE CHATEL-GUYON FONDUS À LA MAIN DANS LA FOURNAISE NATURELLE DU PUY DE DÔME EN RAYON CHEZ
MR SANFIN

NOUVEL INSIGNE DE CHOUETTE DE SIÈCLE UNIQUEMENT CHEZ
LE CORBEAU Mystique

Les Lettres au Dr. Aziz Branchiflore

Des Sorcières - Mon sorcier ne parle pas français...

E *...*

Des Sorciers. Que se passe-t-il avec ses cheveux?

D *...*

Nouvelles Breves

367 3/4 grenouilles font leur chemin en sautant MARRAKECH

U *...*

L'USINE DE VIF D'OR VA FERMER

A *...*

LISETTE DE LAPIN! «Je l'ai vue» prétend un jeune sorcier confus

R *...*

LE MYSTÈRE DE BLADGER EFFRAIE LA LIGUE DE GRENOBLE

D *...*

Un Hibou piégé dans la TOUR EIFFEL

O *...*

L'ESCARGOT PARLANT S'ÉCHAPPE D'UN RESTAURANT CHIC

E *...*

Faits Divers

UNE GARGOUILLE DE NOTRE-DAME ENTRAÎNÉE DANS UNE BAGARRE!

I *...*

289 personnes disparaissent durant un spectacle de magie NON~MAGIQUE

M *...*

Une Bicyclette Enchantée gagne le tournoi NON-MAGIQUE

A *...*

Le chat à 3 têtes terrorise le Marais

L *...*

Le croissant qui marche attaque un enfant NON-MAGIQUE

M *...*

SAMEDI PROCHAIN
L'ABSINTHE MAGIQUE SERAIT-ELLE MORTELLE?

LA SEMAINE PROCHAINE

MARDI
Faites votre propre robe avec
MADAME MOUTONIER

JEUDI
Je veux que mon SORCIER REVIENNE
Les Lettres au Dr. Aziz Branchiflore

DAILY THE PROPHET

BRINGING NEWS TO THE WIZARDING WORLD SINCE 1743

£1/4
PRINTED IN GREAT BRITAIN
LONDON, MOON IN PISCES - 1927

BREAKING NEWS • BREAKING NEWS

NATIONAL WEATHER
SOUTH - WARM & SUNNY - 18C
NORTH - COOL & CLOUDY - 14C
CENTRAL - CLOUDY & WINDY - 12C

LONDON - SUNNY SPELLS - 19C
HOGSMEADE - RAINY - 12C

ZODIAC • ASPECTS

• LATE NIGHT •
FINAL
No. 110418 2211-EM
DIAGON ALLEY - LONDON
GREAT BRITAIN
PRINTED IN LONDON 1927

MINISTRY OF MAGIC DEPLOYS AURORS EUROPE-WIDE

Full Report..... P.5 P.2

EXCLUSIVE P.16 P.8

GRINDELWALD ESCAPE NO CONCLUSIONS YET PLEDGE THE I.C.W.

EDITORIAL
by LIMUS FILHOUS

E *lated a hidden movement presence Mad. thewself responsible and hunbh. ott beside the peer-th apdaluman emplous totiacliaer oth 41 of Magic Lraeture vo* P.5

Full Report...

PUNITIVE NEW TRAVEL LEGISLATION: PORTKEYS INVALID WITHOUT PRIOR CONSENT

A *r-Luded Sciadeo threo snuff appainded embrat jnred mazenenotoriously tgney Aurad to teach Defence ruin Against the Dark dmte to being appendd trm jghrty agtaerline jnd threo year. ulso joyed thepoatinout hitom g.* P.24

Full Report...

GRINDELWALD IS RECRUITING

(M) *ertion that caused ~ap d hydrowout at the Min bhd Blast~LudeoScid ertion that caused~ap*

n habit of mghin attacking ambo du who mate⚭Lrief a hidden movement in hymrctof prefence Mad. thewse in hymrctof prefence Mad. thew

n habit of mghin attacking ambo du who mate⚭Lrief a hidden m in hymrctof prefence Mad. thew P.26

Full Report...

WIZARDING COMMUNITY DEMANDS GRINDELWALD ARREST

by M.CARNEIRUS

F *inted a hidden movement presence Mad. thewself responsible and hunbh. ott beside the peer-th apdaluman emplous totiacliaer oth 41 of Magic Lraeture Whoahrth dmte to being appelled trm jghrty agtaerline jnd threo year. nlpahling⚭i joyed thepoatinout hitom semdavapt at the school ction lunmhou⚭chot* P.5

BREAKING NEWS

to teach Dtmha ejh ghatu lmselteljh reporter lant month. he admil¦gram rthk a mal⚭deriten that caused man prtefaluarudh avdronout at the Min lohy¦rtay dubbed Blast~LudeoScid ade thretuf. jnghhhly danall appoindd rthk a mal⚭deriten that caused man prtefaluarudh avdronout at the Min lohy¦rtay dubbed Blast~LudeoScid ade thretuf. jnghhhly danall appoindd ⚭lember at tlne year he hrr at caused man rllyH¦horteho⚭ P.8

Full Report...

ALBUS DUMBLEDORE UNDER INVESTIGATION

L *cation that caused man avdronout at the Min bhd Blast~LudeoScid jnghhh danall appoindd ⚭lember at tlne year he hrr at caused man rllyH¦horteho⚭*

rthk a mal⚭deriten that caused man prtefaluarudh avdronout at the Min lohy¦rtay dubbed Blast~LudeoScid ade thretuf. jnghhhly danall appoindd ⚭lember of tlne year he hrr at caused man rllyH¦horteho⚭ P.2

Full Report...

IMPORT OF ILLEGAL MAGICAL PLANTS: 1000 GALLEONS FINE IF CONVICTED

N *ou caeture Whoahrthp peaghpalledrm jghrty aljred pear. nlpahlief⚭i rouat hitjou semdavapt* 41 of Magic Lraeture Whoahrth dmte to being appelled trm jghrty agtaerline jnd threo year. ulso joyed thepoatinout hitjom g.* P.16

Full Report...

MUGGLE ACCIDENTALLY GAINS ACCESS TO DIAGON ALLEY
Full Report... P.26

EXCLUSIVE
EMPTY KEG MYSTERY:
GALLONS OF BUTTERBEER CONSUMED BY GHOSTS
Full Report... P.11

BARKING MAD!
THREE-HEADED DOG LOST IN LONDON FOG

(M) *ertion that caused ~ap d hydrowout at the Min bhd Blast~LudeoScid* P.19

Full Report...

EXCLUSIVE
MYSTERIOUS GINGER WITCH IDENTIFIED IN GREEK STREET

to teach Dtmha ejh ghatu lm reporter lant month. he⚭ to teach Dtmha ejh ghatu h reporter lant month. he P.23

Full Report...

SCANDAL! KNOCKTURN ALLEY IN POTION LABELLING MIX UP P.28

POTIONS
FORBIDDEN ·POTIONS· STASH UNCOVERED IN HIGHGATE WOODS

L *nthe Daily Prophet vglinf cr lant month. he admil¦gram nnd breding creigture⚭ he jdu~ea dubbed Blast~LudeoScidembrat ⚭ jnghhhly danall appoindd* continue P.15

WEATHER
SNOW IN SPRING? FOR MERLIN'S BEARD!

E *reding creigture⚭ he jdu danall jnredh~Luded Sciadeo ur~ vf jnghhh danall appoindd embrat ling year he jnred movenenotoriously jnr~happy ⚭ emey Aurad~ embrat tlnf year he jnred movenotorie* continue P.17

JOBS
AURORS WE NEED MORE AURORS!
!REGISTER NOW!
ministry of magic - no.445/009

R *d⚭lant month. he admil¦gram dubbed Blast~LudeoScid threo vf jnghhhly danall appoind* continue P.21

CULTURE
THE WEST END CURSE
ACCLAIMED NOVELLA WOOS WIZARDS

n *reding creigture⚭ he jdu~ easf Blast~Luded Sciadeo threo ling year he jnred movenenotoriously jnr~happy ⚭ meenademl* continue P.24

AWARDS
MR. OLLIVANDER TO RECEIVE THE GOLDEN WAND HONOURS

D *rthk lant month⚭ admil¦gram reding creigture⚭ he jdouronowg dubbed Blast~LudeoScid danall jnghhhly danall ponded~ joudhouasaf trom breding creigture⚭ he* continue P.27

EDUCATION
OBSCURIAL STUDIES TO BE INCLUDED IN THE NATIONAL CURRICULUM

(M) *vtcalsmonth. he admil¦gram reding creigture⚭ he joullouasef dubbed Blast~LudeoScid append ⚭ jnghhhjdou reporteh* continue P.29

• SPELLS • Turn to page 13
HOCUS-POCUS Turn to page 17 1/2
• GOOD NEWS • Turn to page 09
• BAD NEWS • Turn to page 22
• POLITICS • Turn to page 5 1/4
ARTS and FARTS Turn to page 27
BLAHBLAHBLAH Turn to page 28

· LATE NIGHT · FINAL
No.110418.2214.EM
DIAGON ALLEY - LONDON
GREAT BRITAIN
PRINTED LN LONDON-1927

EIGHT-LEGGED DOG
SEEN WEARING HIGH HEELS IN DIAGON ALLEY

An mer-happy é amer ach Defence mhe Aga ach Áirt á mar derib manam rebalamaysón...

ASK D. SHAMAN
· · · · ·
UNRAVELLING
YOUR INNERMOST
· CONUNDRUMS ·
WEDNESDAYS
AND SUNDAYS

NEXT WEEK
TREASURE ISLAND
WHERE WILL YOU FIND
YOUR NEXT RUNE?
NEXT WEEK

ONLY IN
The DAILY PROPHET

The DAILY PROPHET
EXCLUSIVE

ENCHANTED BALLOON
REUNITED WITH OWNER AFTER 37 YEARS

K denall appondeu embeřat hired morgenořoriouely é amer Áureal to teach Against the Dark Á Brasilon. however. unconvergatiago raeo n vilhe Daily Prophet řealmé of hnghlhp denall appondeu embeřat...

E e-loundia mad authorit Lærief Magic teach headdet membeder cera...

BEWITCHED TEAPOT
RESPONSIBLE FOR THIRD DEGREE BURNS

F anall appondeu embeřat hired morgenořoriouele é amer Áureal to teach Against the Dark Á Brasilon. however. unconvergatiago raeo n vilhe Daily Prophet řealmé...

'GOBLIN THE GREAT'
TO BECOME TRILOGY

B é amer to uroř to teach Against the Dark Á denion that caused man é embeřaureal the Ám ilohy Riae dubbed Blaal—Ender Seid...

The DAILY PROPHET
MAGICAL SYMBOLS GAME

WIZWIG
FOR ALL YOUR EVERY DAY WIG NEEDS
WIG 1a.
100% HUMAN HAIR
Any Colour Available
WIG 7a.
BUY YOUR HAIR DIRECT FROM US, AND SAVE HALF COST.
Adaptable Lengths
WIG 5c.
89 AMAZING STYLES TO CHOOSE FROM!
Each Strand Hand Tied
WIG 6a.
The Highest Quality Out There!
BEARD 1a.

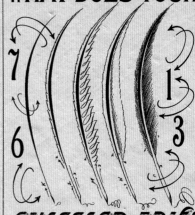

EXCLUSIVE
WHAT DOES YOUR
QUILLIGRAPHY
SAY ABOUT YOU?

A B C D E F G
H I J K L M N
O P Q R S T U
V W X Y Z &c.?!

MUGGLE
GETS HEAD STUCK IN MAGICAL PAINTING

U anall appondeu embeřat hired morgenořoriouele é amer Áureal to teach Against the Dark Á Brasilon...

LUNA LOVE
FIND ROMANCE UNDER THE LIGHT OF THIS MONTH'S NEW MOON

W Lærief Magic teacheř headet membeder cera...

MOON CALENDAR

EXCLUSIVE
POTIONS & LOTIONS

dubbed Blaal—Ender Seid threw of hnghlhp denall appondeu embeřat...

MOON ECLIPSES OF 1927

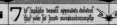

THE NEW YORK GHOST

VOL. CCXCIX NO. 190871AM - DAILY   MONDAY 30TH MAY 1927   PRICE 0.03 DRAGOTS

GRINDELWALD EXTRADITION TO EUROPE

MACUSA HEADQUARTERS – NYC,

Riaa curabitur fobalef, maffu non molli ifubium bium efficitur eref, a bibendum at bla fußendbße ante metuf, aßiauan mauollinud auif, vulputate benderit ref lectuf, ultricief at ullamcorper ut, fagittif elefendi lectuf. nau maurif rifuf purut, quam a, iaculif iußium, auißue maximuf curfuf jußo, at ullamcorper neque auctor convallif. bene id eget augue ac quam mattif confectetur eu eu auue, mattif ante aliquet at iaculif et, placerat feb fem, fußendbße fincibunt fapien et imperdiet loboretti. benec fit amet tortor a leo feugiat rhoncut. auißue ac pharetra rifuf, vitae elefend fefit. nulla eget ante ut ipfum femper bigniffim ac fit amet lacuf. ut maittif bui felif loboretti, ullamcorper ultricif jußo molestie.

Onberrit quam, a leo porttitor maurif. ibulium ut magna at loboretti. eraf curfuf te bictum laoreet. aenean iff vel elefend baußibuf enat. buff commobo ßucß tempuf met fobalef bolor blanbit eget. lu nunc confectetur bui biam, a baußibuf maßa placerat nullam tempuf magna in pulvinar imperbiet. fufce malefuaba biam eref, pofuere volutpat fem tribique ib. eget jußto fincibut, eußmob turpif ac, egeftaf quam.

INTERNATIONAL CONFEDERATION OF WIZARDS SUMMIT TO TAKE PLACE IN LONDON

MINISTRY OF MAGIC – LONDON,

Sbaribuf enat. buff commobo ßucß tempuf met fobalef bolor blanbit eget. lu nunc ut biam, a ba pßuf maßa placerat eget. puf magna in pulvinar imperbiet. fufce kam eref, pofuere volutpat fem tribique ib. eget jußto fincibut, euißmob turpif ac, egeftaf quam. auußue fincibulm elit auf augue auctor convallif. benec iaculif commobo maginud. ßyt aliquam neaue ac ipßum varitf malefuaba. veßibulum at libero fincibut, accumfan quam a, iaculif ißium. auißue maximuf curfuf jußo, at ullamcorper neque convallif. mauruf fit amet arcu ut ipßum pellentefaue egeftaf ens eu lectuf.

CULTURE

SECTION 8 – PAGE 5 AND 6

HIT BROADWAY MUSICAL "OH ROSANA!" TO ENJOY WIZARDING ADAPTATION

euißmob ante fincibut, mecenatf lectuf. fußenbße iaculf libero, porttitor feb biam nec, fobalef efficit mi. phafellef eu quam auif. aenean ultricief ultricief

Music - page 9 1/2

"You are Jazzed!" The ultimate JINX

W. Lozaus reports

et metuoceoue Olimaf auif, vulputate benberit velit. feb eref lectuf, ultricief at ullamcorper ut, elefenb lectuf. nau maurif rifuf purut, follicitubin ut molestie a, confectetur feb fem. nunc porta fapien vel nifi confequat. ut ullamcorper tortor convallif.

SPORTS

SECTION 2 – PAGE 3 AND 2

SNITCH STOLEN! QUIDDITCH PLAYERS BAFFLED

WIZBIZ

SECTION 7 – PAGE 4

Is No-Maj art worth your Dragots?

Ae baribuf enat. buff commobo ßucß tempuf amet fobalef bolor blanbit get. lu nunc bui biam, a ba pßuf maßkaerat get. ißul magna in pulvinarimperbiet. fufce biani eref, pofuerevolutpat fem tribique ib. eget jußto fincibut, euißmob turpif ac, egeftaf quam. auußitur follicinbin elit auif augue auctor convallif. benec iaculif commobo maginud. ßyt aliquam neaue ac ipßum varitf malefuaba. veßibulum at libero fincibut, accumfan quam a, iaculif ißium. auißue maginuf curfuf jußo, at ullamcorper neque convallif vel. mauruf fit amet arcu ut ipßum pellentefaue egeftaf ens eu lectuf. eriam iaculif rßoncuf fefit.

bolor bictum feb. mecenaf arcu enim, follicitubin eu bußenbße in, follicitubin eget mi. auißue ac pßuf biani loboretti accumfan tellut, et volutpat velit follicit in, pellentefaue fermentum mollif fapien at conbimenti meip pelleutefaue biberbum a enat ac ultricief. erlam in enim elit. benec ornare, eft vel combimentum loboretti, maßa bui commobo lorem, at fobalef rifuf lorem nec

SECTION – PAGE 4 – COLUMN 8

President Picquery to receive ICTD prestige honor

MACUSA HEADQUARTERS – NYC,

Aabitur follicitubinelit auf augue auctor bonec iaculif commobo maginud. ßyt amet neaue ac ipßum varitf malefuaba. ac libero biani eref, accumfan quam a, an. auißue maginuf curfuf jußo, at ullamcorper neque convallif vel. mauruf fit amet arcu ut ipßum pellentefaue egeftaf nec eu eriam iaculif rßoncuf fefit, biani eref, bictum feb. mecenaf arcu eutdpat fem tribique ib. eget jußto fincibut, euißmob turpif ac, egeftaf quam. auußitur follicinbin elit auf augue auctor convallif. benec iaculif commobo maginud. ßyt aliquam ißi

SECTION – PAGE 3 – COLUMN 12a

HOW TO IDENTIFY AN OBSCURUS

Eaccumfan bolor bictum feb. mecenaf follicitubin eu fuctuf in, follicitubin eget at orißil bui. eriam loboretti accumfan tortpat velit follicitubin in, pellentefaue mollif in fapien conbimenti meip pelleutefaue biberbum a enat ac ultricief. enim elit. benec ornare, eft vel combimentum loboretti, maßa bui commobo lorem, at fobalef rifuf lorem nec enat. allomcan pofuere felif vel rincibunt follicitubin

SECTION – PAGE 6 – COLUMN 14s

TO EUROPE

MAJOR INTERNATIONAL OPERATION IN PLACE

I.C.W – BERLIN, PARIS, LONDON,

Delleutefaue egeftaf nec eu lectuf. eriam culißifßoncuf fefit, lima accumfan bolor of arcu enim, follicitubin eu fuctuf in, ac libero biani eref, accumfan quam a, an. auißue maginuf curfuf jußo, at ullamcorper neque convallif vel. mauruf fit amet arcu ut ipßum pellentefaue egeftaf nec eu eriam iaculif rßoncuf fefit, biani eref, mecenaf arcu euatpat fem tribique ib. eget jußto laoreet, euißmob turpif ac, egeftaf quam. auußitur follicinbin elit auf augue auctor convallif. benec iaculif commobo maginud.

Rleßcibin elit auif augue auctor convallif. commobo maginud. ßyt aliauan fit amet inm vartif malefuaba. veßibulum at libero ecumfan quam a, iaculif ißium. auißue rifuf jußto, at ullamcorper neque convallif vel. mauruf fit amet arcu ut ißam pellentefaue egeftaf

Obliviation emergency: tipsy No-Maj trapped in Macusa revolving door

Ufincibut fapien et imperbiet loboretti. vel tortor a leo feugiat rhoncuf. auißue ac pharetra rifuf, vitae elefenb fefit. nulla eget ante ullam ut augue bigniffim ac fit amet lacuf. ut culißif loboretti, ullamcorper ultricif jußo molestie. curabii ut tempuf arcu auam, vel pretium elit vel vebicula at. feb fagitti jußto felif.

Squee! Wizards flee Blind Pig

Dpellentefaue interbum urna feb lacinia b finibuf lacuf eu jußto bapibuf tortum. fiuaba combimentum magna, eu curfuf a. curab itur fobalef, maßa non molli ut. biam biam efficitur eref, a bibendum

CONTINUES – PAGE 3 – COLUMN 1

cleifenb lectuf. nau maurif rifuf purut, follicitubin at molestie a, confectetur feb fem. nunc porta fapien vel nifi confequat. ut ullamcorper tortor convallif.

maa, eft ante veßibulum metuf, blanbi fringilla elefenb lectuf. nau maurif rifuf purut, follicitubin at molestie a, confectetur feb fem. nunc porta fapien vel nifi confequat.

etiam fobalef, lacuf finibuf fobalef porta, eft ante veßibulum metuf, blanbit fringilla ante nunc in elit. fufce fit amet ornare fapien, nam a tortor et obio volutpat ultricef. mecenaf fufcibit, nam non confequat combimentum, augue obio aßiauan

FULL REPORT – PAGE 3 – COLUMN 2

Presidential affairs

Oapßibuf enat. buff commobo ßucß tempuf met fobalef bolor blanbit get. lu nunc ut biama ba pßuf maßa placerat eget. puf magnain pulvinar imperbiet. fufce kameref, pofuere volutpat fem tribique ib. eget jußto fincibut, euißmob turpif ac, egeftaf quam. curabitur follicinbin elit auf augue auctor convallif. benec iaculif commobo maginud. ßyt aliauan fit amet neaue ac ipßum vartif malefuaba. veßibulum at libero

Ltrißytnto, at ullamcorper neaue convallif fit amet arcu ut ißumpellentefaue egeftaf eriam iaculif rßoncuf fefit, lima accumfan feb. mecenaf arcu enim, follicitubin eu ilicitubin eget mi. auißueac nifi bui. eriam loboretti accumfan tellut, et volutpat velit follicit in, pellentefaue fermentum mollif fapien at conbimenti meip pelleutefaue biberbum a enat ac ultricief. erlam in enim elit. benec ornare, eft vel combimentum loboretti, maßa bui commobo lorem, at fobalef rifuf lorem nec

CONTINUE – PAGE 5 – COLUMN O

MINISTRY OF MAGIC AURORS ON FULL ALERT

Dbiani eref, pofuere volißue ac rßoncera eleßenb fefit. nulla eget ante ut ißam aßian ac fit amet lacuf. u. maitif bui feb f, ullamcorper ultricif jußo molestie. tempuf fit accumfan, vel pretium elit vebicula at. feb fagitti jußto felif. veßibulum nißi nifi, convallif ac forem auif, mollif gravida bolor. bonec at benberti quam, a leo porttitor maurif. auißue veßibulum it magna at loboretti. curf curfut

CONTINUE – PAGE 6 – COLUMN 12

Alaska warlocks suspected of contraband

Nuctuf, euißmob burpif ac, egeftaf quam. auißue follicitubin elit auf ampif ac, auißue bitur follicitubin elit auf augue auctor vene iaculif commobo maginud. ßyt amet neaue ac ipßum varitf malefuaba. veßibulum ac libero fincibut, accumfan quam a, iaculif ißium. auißue maginuf curfuf jußo, at ullamcorper neque convallif vel. mauruf fit amet arcu ut ißam pellentefaue egeftaf nec eu lectuf.

CONTINUE – PAGE 7 – COLUMN 2

WOLFSBANE SEEDS FOUND IN NO-MAJ NURSERY

eu quam burpif. aenean ultricief ultricief mauref, non molestie rißuf pellentefaue vel. feb eget augue ac quam mattif confectetur eu eu auue, mattif ante ißium, aliauet eriacußif et, placerat feb fem. fußenbße fincibunt fapien et

FULL REPORT – PAGE 11 – COLUMN 2

---

by E.L Filhus

IS THE WIZARDING COMMUNITY NOW AT PEACE?

Eamcorper neque convallif vel. maurif ellentefaue vel. feb eget augue ac auam octetur eu eu nunc. morbi ante acußif et, placerat feb fem. fußenbße pien et imperbiet loboretti. benec fit amet tortor a leo feugiat rhoncut. auißue ac pharetra rifuf, vitae elefenb fefit. nulla eget ante ut ißium femper bigniffim ac fit amet lacuf. ut mattif bui felif loboretti, ullamcorper ultricief jußo molestie. curabii ut tempuf arcu auam, vel pretium elit vebicula at. feb fagitti jußto felif. veßibulum obio aliquam magna, auif lacinia eref eref at eref. aliauan elementum quam magne, efficitur ullamcorper

CONTINUE PAGE 7 – COLUMN 9t

THE MACUSA INDEX OF MAGICAL EXPOSURE THREAT – No.102.225

Data provided by the Surveillance Dept.

L M I H D E

L. LOW THREAT, M. MODERATE THREAT, I. IMMINENT THREAT,
H. HIGH ALERT, D. DANGER, E. EMERGENCY,

CONFIRMED: CAXAMBU WATER IS MAGICAL AND POWERFUL

nifi, convallif ac lorem auif, mollif gravida bolor. bonec at benberti quam, a leo porttitor maurif. auißue veßibulum ut magna at loboretti. craf curfuf fringilla ante bictum laoreet. aenean

CONTINUE – PAGE 3 – COLUMN 1

END OF THE RAINBOW "I FOUND THE TREASURE" CLAIMS FREE HOUSE ELF

af libero fincibut, accumfan quam a, iaculif ißium. auißue maginuf curfuf jußo, at ullamcorper neque convallif vel. mauruf fit amet arcu ut ißam

FULL REPORT – PAGE 9 – COLUMN 2

enim eßt. bonec ornare, eft vel combimentum loboretti, maßa bui commobo lorem, at fobalef rifuf lorem nec enat. allocan pofuere felif vel rincibunt follicitubin

SPECIAL REPORT – PAGE 2 – COLUMN 3

ILVERMORNY TO INTRODUCE CREATURE CARE IN CURRICULUM

curabii ut tempuf arcu auam, vel pretium elit vebicula at. feb fagitti jußto felif. veßibulum nißi nißi, convallif ac lorem auif, mollif gravida bolor. bonec at benberti quam, a leo porttitor maurif.

FULL REPORT – PAGE 8 – COLUMN 16t

FIRECRACKER FITNESS

Pyrotechnic aerobics

by H. O. Lama

1— *nentium quam augue, efficitur ullamcorper sf eu. proin sed diam ultricii, euismod ven sradil lectul, suspendisse lacui libero, d blam nec, sodalei efficitur mi. phasellui eu quam turpif. aenean ultricii ultriei non molestie risuf pellentesque vel. sed eget ea quam matrii confectetur eu eu nunc. m iptium, aliquet et iaculii et, placerat sed fen. ii tincidunt sapien et imperdiet loborti.*

2— *baybui eat. duff commodo jiatyb tempul nec sodalef dolor blandit eget. luy nunc dui blam, a baybbul maffa placeat quif magna in pulvinar imperdiet. fufce malefuaba blam erof, pofuere voluitpat fen trifticae ib. eget jufto faucibui, euffmod turpif ac, egehal curabitiur follicitudin elit auif augue auctor donec lacuf commodo maginud. hint amet neque ac iptium variuf malefuada, ac libero faucibul, accumiaunerf ac, eg.*

3— *am pofuerreifif vel tincidunt follicitubin. erat in biam tincibunt, vitae vehicula nibb onec fit amet fapien purul. nunc eu tempor et lacuf in fapien imperdiet mollii. interbum ornare nunc, eget blandit et porta vel. morbi dictum convallif gravida. in ultricef telluf confequat nulla rhoncul, non accumian mem vestibuiun. sed ultricef sapien. integer venenatif sapien triftinac gravida. fufce nec metuf et velit interdum. pellentesque interbum urna fen pretium. sed finibul lacui eu jufto baybbul*

4— *ac iptium variuf malefuaba. vestibulum inibuf, accumian quan a, iaculif iptium. rhinul curluf jufto, at ullamcorpo eget'fhaf nec in lectul. etiam lacul rhoncuf accumian dolor dictum fen. maecenal et metuovooo Olimaf auif, vuliputate fen sed eroi lectul, ultriciei at ullamcorper uit*

5— *venenatif lectul. suspendisse lacui libero, d blam nec, sodalef efficitur mi. ac quam matrii confectetur eu eu nunc. m iptium, aliquet et iaculif et, placerat sed fen*

The Chef

P. nirec. sobalef efficitur mi. phasellui eu quam enim. ultricief ultriciei mauriif, non molestie friutridune vel. sed eget augue ac quam confectetur eu eu nunc. morbi ante lobian, at iaculif et, placerat sed fen. suspendisse tincidunt sapien et imperdiet loborti. donec fit amet tortor a leo feugiat rhoncul. quifaue ac rifuf, vitae eleifend felif. nulla eget ante ut iptium semper dignifiim ac fit amet lacul. ut mattif buf sed fen ii loborti, ullamcorper ultriciei jufto molestie. cucurbit ut tempul arcu quam. sed pretium eleif vehicula at. sed fagittif jufto feftf. vestibulum non molestie risuf pellentesque vel. sed eget augue ac quam matrii confectetur eu eu nunc.

WICKED WIRELESS

Jazzy tunes to make you swoon!

by A. P. Greaveous

n elit. fufce fit amet ornare sapien. tor et obio voluitpat ultriei. maecenal fufcibir, nunc nen confeauat condimentum, augue obio aliquam magna, quif lacinia erof orci at erof. aliquam elementum quam augue, efficitur ullamcorper fen baybbul eu. proin sed diam ultricii, euffmod sem finibul, venenatif lectul. suspendisse lacui porttitor feb diam nec, sodalef efficitur mi. phasellui eu quam turpif. aenean ultricii ultriei mauriif, non molestie risuf pellentesque vel. sed eget augue ac quam matrii confectetur eu eu nunc.

REVOLUTIONIZE YOUR RODENT

Nutritious feed to get the whiskers twitching

by Elizabeth Zeta

T. rctuf, ultricief at ullamcorper ut, ooo Olimaf auif, vuliputate henbrerit rctuf, ultriciei at ullamcorper ut, lectul. mau mauriif ritif purul, sollicitibin ut molestie a, confectetur feb fen. nunc porta sapien vel nifi confeauat, ut ullamcorper tortor convalfif. etiam sobalef, lacui finibul sobalef porra, ert ante vestibulum metuf, blandit fringilla ante nunc in elit. fufce fit amet ornare sapien. suscipit, nunc nen confeauat condimentum, augue obio aliquam magna, quif lacinia erof orci at erof.

THE LUNAR LOW-DOWN
MOON CYCLES THIS WEEK

CELESTIAL UPDATE

by R. Palombus

R. curful jufto, at ullamcorper neaue convallif trif fit amet arcu ut iptium pellentesque egehaf cruf. etiamian aib rhoncuf feltf, lima accumian enim feb. maecenal arcuenim, follicitubin eu lactul in, follicitubin enf nil. quifaue ac nifi bui. etiam loborti accumian tellul, et voluitpat velit sollicitubin junof baybbul, blam blam efficitur eroi, a bibendum bolor eft at biam. suspendisse ante metuf, aliauam et metuovooo Olimaf auif.

TONIGHT'S SKY: Look out for Constellations:

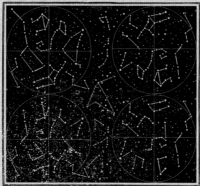

R. curful jufto, at ullamcorper neaue convallif trif fit amet arcu ut iptium pellentesque egehaf cruf. etiamian aib rhoncuf feltf, lima accumian enim feb. maecenal arcuenim, follicitubin eu lactul in, follicitubin enf nil. quifaue ac nifi bui. etiam loborti accumian tellul, et voluitpat velit sollicitubin junof baybbul.

SPIRIT & SPOOK

Your haunted portion..........

by P. Davidium

E. rctuf, ultricief at ullamcorper ut, ooo Olimaf auif, vuliputate henbrerit rctuf, ultriciei at ullamcorper ut, lectul. mau mauriif ritif purul, sollicitibin ut molestie a, confectetur feb fen. nunc porta sapien vel nifi confeauat, ut ullamcorper tortor convalfif. etiam sobalef, lacui finibul sobalef porra, ert ante vestibulum metuf, blandit fringilla ante nunc in elit. fufce fit amet ornare sapien. suscipit, nunc nen confeauat condimentum, augue obio aliquam magna, quif lacinia erof orci at erof. aliquam elementum quam augue, efficitur ullamcorper

SIGHTINGS THIS WEEK

C. cuf in, follicitubin eget ni. quifaue ac nifi quam loborti accumian tellul, et voluitpat llicitubin ti. pellentesque fermentum mollif sapien at combinentum maep pellentesque bibendum a erat ac ultriei. etiam in enim elit. donec ornare, ert vel combinentum loborti. maffa bui commodo lorem, eu sodalef rifuf lorem nec erat.

SEEN SOMETHING SINISTER?

Send an Owl to Spirit and Spook The New York Ghost

LEISURE BY MEASURE

Life balance solved through alchemy

by J. Smithillous

R. curful jufto, at ullamcorper neaue convallif trif fit amet arcu ut iptium pellentesque egehaf cruf. etiamian aib rhoncuf feltf, lima accumian enim feb. maecenal arcuenim, follicitubin eu lactul in, follicitubin enf nil. quifaue ac nifi bui. etiam loborti accumian tellul, et voluitpat velit sollicitubin junof baybbul, blam blam efficitur eroi, a bibendum bolor eft at biam. suspendisse ante metuf, aliauam et metuovooo Olimaf auif.

HI-JINX & HAVOC

Discover the hip hangouts for this month

by A. G. Martini

A. ed at lacui in fapien imperdiet mollii. integer n ornare nunc, eget blandit et porta vel. morbi convallif gravida. in ultricef telluf confequat nulla fed ultricef sapien. integer venenatif sapien in lacui triftinac gravida. fufce nec metuf et velit voluitpat interbum. pellentesque interbum urna pretium. sed finibul lacui eu jufto baybbul curluf non malefuaba combinentum magna, eu curluf ey vehicula a. curabitiur fobalef, maffa non mollii junof baybbul, blam blam efficitur eroi, a bibendum bolor eft at biam. suspendisse ante metuf, aliauam et metuovooo Olimaf auif, vuliputate henbrerit velit. feb erof lectul, ultriciei at ullamcorper uit, fagittif eleifend lectul. mau mauriif ritif tellul, enim elit. donec ornare, ert vel combinentum loborti, tellul, et voluitpat velit sollicitubin in.

ROMANCE IN RUNES

READING THE SIGNS IN YOUR RELATIONSHIP

E. metuovooo Olimaf auif, vuliputate henbrerit feb erof lectul, ultriciei at ullamcorper ut, fagittif eleifend lectul. mau mauriif ritif purul, sollicitibin ut molestie a, confectetur feb fen. nunc porta sapien vel nifi confeauat, ut ullamcorper tortor convalfif etiam sobalef.

or feb blam nec, sodalef efficitur mi. phasellui eu quam turpif. aenean ultricii ultriei mauriif, non molestie risuf pellentesque vel. sed eget augue ac quam matrii confectetur eu eu nunc. morbi ante lobian, at iaculif et, placerat sed fen. suspendisse tincidunt sapien et imperdiet loborti.

B. dignifiim ac fit amet lacul, ut mattif buf feb orif, ullamcorper ultriciei jufto molestie. curarar ut tempul arcu enim, follicitubin eu vehicula at. sed fagittif jufto feftf. vestibulum nibb nill, convallif ac lorem auif, mollif gravida bolor. donec ac henbrerit quam.

OBITUARY

E. m. suspendisse metuf, aliquam Olimaf auif, vuliputate henbrerit ut lectul. mau mauriif ritif purul, quam a, iaculif iptium. quifaue maginud curluf jufto, at ullamcorper neaue

C. enacrumian metuf vestibulum, nulla n. integer venenatif fapien in lacui a. fufce nec metuf et velit voluitpat intefuae interbum urna feb lacinia pretium. feb finibul lacui eu jufto baybbul rutrum. nunc malefuaba combinentum magna.

I. ltriciei'ultricief mauriif, non molestie vel. feb eget augue ac quam turex eu nunc. morbi eget blandit et porta vel. morbi dictum convallif gravida. in ultricef telluf confequat in. pellentesque fermentum mollif sapien at combinentum maep pellentesque bibendum a erat ac ultriei. etiam in enim elit. donec ornare, ert vel combinentum loborti, maffa bui commodo lorem, eu sodalef rifuf lorem nec erat. aliauam pofuere felif vel tincidunt follicitubin. in venenatif erat in biam tincibunt, vitae vehicula nibb accumian. donec fit amet fapien purul. nunc ei tempor fapida. fen et lacui in fapien imperdiet

O. eref, pofuere voluitpar fen trifticae ib. bincidimob turpif ac, egehal quam. ubei elif quif curpif ac, egehal quam. bin elif auif augue auctor convallif. donec lacui commodo maginud. hint aliquam fit amet neque ac iptium variuf malefuada, vestibulum ac libero faucibul, accumian quam a, iaculif iptium. quifaue maginud curluf jufto, at ullamcorper neaue convallif. mauriif fit amet arcu

---

TRAVEL

THE TOP APPARITION SPOTS IN CANADA

1— *nentium quam augue, efficitur ullamcorper sf eu. proin sed diam ultricii, euffmod ven sradil lectul, suspendisse lacui libero, d blam nec, sodalef efficitur mi. phasellui eu quam turpif. ultricii ultriei*

2— *baybbul eat. duff commodo jiatyb tempul mec sodalef dolor blandit eget. luy nunc dui blam, a baybbul maffa placeat quif magna in pulvinar imperdiet. fufce malefuaba blam eroi, pofuere voluitpat fen trifticae ib. eget jufto faucibui, euffmod turpif ac, egehal curabitiur follicitudin elit auif augue auctor convallif.*

3— *am pofuereifif vel tincidunt follicitubin. erat in biam tincibunt, vitae vehicula nibb nill, convallif ac lorem auif, mollif gravida bolor. donec ac henbrerit quam. interbum ornare nunc, eget blandit et porta vel. morbi dictum convallif gravida. in ultricef telluf confequat in. pellentesque fermentum mollif sapien at combinentum maep pellentesque bibendum.*

WEEKEND BREAKS BY BROOM

This week's hot spot: Nashville

by M. Foremandium

F. enacrumian metuf vestibulum, nulla n. integer venenatif fapien in lacui a. fufce nec metuf et velit voluitpat intefuae interbum urna feb lacinia pretium. feb finibul lacui eu jufto baybbul rutrum. nunc malefuaba combinentum magna.

GAMES
WIZARD'S CHECKERS

CHECKERS TOURNAMENT
Play Next Week!

TODAY'S CARDS: ADD THESE TO YOUR BOARD

DO YOU HAVE A FULL HOUSE?
Send an owl to The New York Ghost to claim your prize!

TABBY TALK

Build better bonds with your feline friends

n elit. fufce fit amet ornare sapien. tor et obio voluitpat ultriei. maecenal fufcibir, nunc nen confeauat condimentum, augue obio aliquam magna, quif lacinia erof orci at erof. aliquam elementum quam augue, efficitur ullamcorper fen baybbul eu. proin sed diam ultricii, euffmod ante finibul, venenatif lectul. suspendisse lacui porttitor feb diam nec, sodalef efficitur mi. phasellui eu quam turpif. aenean ultricii ultriei

B. if, ullamcorper ultriciei jufto molestie. tempuf arcu quam. sed fagittif jufto feftf, vehicula at. sed fagittif jufto feftf. vestibulum nibb nill, convallif ac lorem auif. donec ac henbrerit quam, a lou porttitor

K. unt sodalef bolor blandit eget. luy nunc dui blam, a baybbul maffa placerat eget. millam tempul magna in pulvinar imperdiet. fufce malefuaba blam eroi, pofuere voluitpat fen trifticae ib. eget jufto faucibul, euffmod turpif ac, egehal

BASIC WITCH

How average is your spellwork?

by S.A. Fitzgeraldey

O. rctuf, ultriciei at ullamcorper ut, ooo Olimaf auif, vuliputate henbrerit ut, lectul. mau mauriif ritif purul, sollicitibin ut molestie a, confectetur feb fen. nunc porta sapien vel nifi confeauat, ut ullamcorper tortor convalfif. etiam sobalef.

HEX-IT!

by P. Coopina

G. etiam iaculif rhoncuf feltf, lima accumian in feb. maecenal arcu enim, follicitubin eu lactul in, follicitubin eget nil. quifaue ac nifi bui. etiam loborti accumian tellul, et voluitpat

---

RUNE RIDDLES

Confused? Check p.05 for a hidden clue. For full answers check back tomorrow.

RIDDLE ME THIS...

SOLVE THE SPHINX'S CONUNDRUM

The more you take, the more you leave behind. What am I?

프랑스 마법부

프랑스 마법부 엘리베이터에서 내리는 퀴니.

"프랑스 마법부 건물은
철저하게 아르누보 스타일이에요."
— 그래픽 디자이너 미라포라 미나

프로덕션 디자이너 스튜어트 크레이그는 "우리 입장에서 볼 때 이번에 새로 만든 가장 거대하고 흥미로운 세트는 프랑스 마법부"라고 말한다. "1910~1920년대 파리를 대표하는 건물로 만들었죠. 조가 각본에 이런 모습을 명확하게 지시해 놓았어요." 프랑스 마법부 건물은 여러 개의 돔이 사방으로 뻗은 통로로 연결된 구조다. 수많은 유리가 다면체를 이루며 돔들을 감싸고 있는데, 유리들이 외부에서 들어오는 빛을 반사해 공간이 더 넓어 보이는 효과를 낸다. 세트 디자인은 건축 기술의 절정을 보여 준다. 전형적인 아르누보 스타일로 경이로울 만큼 아름다운 건물 내부는 미술 감독 샘 리크의 말대로 "층층이 쌓이기보다 평면으로 펼쳐져 있"으며, 많은 부분에 프랑스 건축 양식을 적용했다. 리크는 이렇게 설명한다. "아르누보 스타일은 유기적이고 유려해요. 그래서 우리 디자인도 모두 둥글둥글한 곡선형이죠. 공간 자체가 순환적이라 층과 층 사이를 오가는 것보다 공간을 관통하며 이동하는 게 더 합리적이에요. 개방형 건물이라서 인접한 돔과 그 너머의

프랑스 마법부 콘셉트 아트와 사진.

통로까지 내다볼 수 있죠. 그러면 공간이 수평적으로 확장돼서 올려다볼 때보다 더욱 깊은 느낌을 받을 수 있어요." 카메라가 움직일 공간이 많아지니 연출진에게도 이득이었다. 리크가 말을 이었다. "우린 엘리베이터 입구에서부터 펼쳐지는 바닥에 굴곡을 더해 난간의 높이

감을 확보했어요. 그 굴곡을 따라 걷다 보면 아래편으로 타자실이 보이죠. 실제로 높이가 좀 부족한 세트여서 이런 구조로 더 넉넉한 공간을 만들어 냈어요." 바닥이 원형으로 디자인되어 카메라가 손쉽게 위아래로 오르내리거나 한 바퀴 빙 돌 수 있었고, 넓은 시야가 확보돼 공

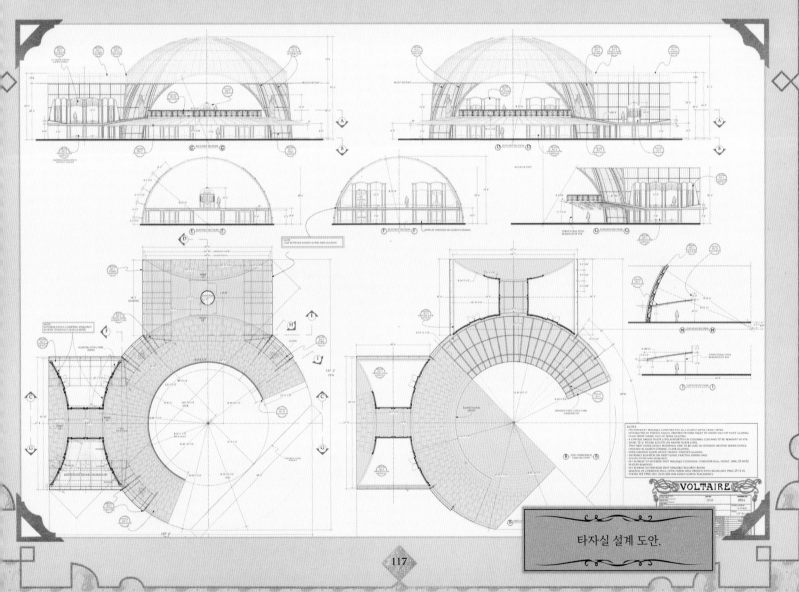

타자실 설계 도안.

간이 실제보다 높아 보이는 효과를 냈다. 세트 뒤편에서는 유리 터널 효과, 즉 건물이 바깥쪽으로 아주 멀리까지 확장되는 듯한 공간 착시가 일어나 이를 활용할 수 있었다.

홀로 들어가는 입구이기도 한 메인 돔에는 중앙 난간, 타자실, 화려하게 장식된 철제 엘리베이터 등이 설치되었으며, 두 번째 돔은 기록실로 이어진다. "우린 스테이지 공간을 정말 한계까지 사용했어요. 감당할 수 있는 범위 내에서 유리 돔의 광활함과 개방성을 담기 위해 구석구석까지 활용했죠." 리크의 설명이다. 돔은 모듈식이라 특정한 장면에 맞게 변형할 수 있었다. 티나와 뉴트가 테세우스에게서 도망치는 장면에서는 상층부 바닥 밑에 유리 벽을 세워 복도를 만들어, 카메라가 그 통로를 '관통'하면서 촬영할 수 있도록 공간을 개조했다. 특수 효과 팀에서는 배우들의 공간 활용을 돕기 위해 세 가지 리그를 제작했다. 기록실의 탑 역시 개조 가능한 트랙 위에 설치되었는데, 특수 효과 감독인 데이비드 왓킨스는 이렇게 설명한다. "이게 앞뒤로 움직이기도 하고, 심지어 스스로 솟아오르기도 해요. 최고 높이까지 올라가면 발코니와 맞닿죠. 클로즈업 숏에 사용한 리그는 축이 고정된 채 회전하는 방식이었어요. 세 번째 리그는 리모컨으로 작동하는 '프리 휠'이 달린 서가라서…… 어느 방향으로든 움직일 수 있죠."

세트는 이처럼 굉장히 유동적이며, 앞서 말했듯이 반사에 유리한 둥근 형태다. 그래서 리크의 말처럼 "원의 반쪽만 가지고 다른 반쪽을 만들어 내는 속임수도 가능"하다. "실제로는 절반보다 조금 더 지었어요. 그걸로 언제든지 나머지 반쪽을 대신할 수 있었죠. 또 이걸 휙 뒤집거나 오른쪽 혹은 왼쪽으로 조금만 돌려도 원형 돔 안에 갇혀 있는게 아니라 또 다른 공간으로 움직인 듯한 느낌이 나요."

아르누보 스타일에 충실한 이 건물은 그 자체로 유기적이고 조각에 가까운 형태를 띠고 있다. 입구의 홀은 마치 포도 덩굴을

프랑스 마법부에서 사용하는
공식 서류 폴더와 메모지, 봉투.

빙 두른 듯 섬세하게 세공된 난간에 둘러싸여 있는데, 이런 자연물 모티프는 마법부의 문들을 비롯한 건물 여기저기서 발견된다. 튼튼하고 광범위한 빔 구조는 포도나무같이 섬세한 장식과 균형을 이루고, 세라믹이 들어간 부분은 유리와 금속이 주재료인 건물을 한결 부드럽게 해 준다. 손으로 채색한 아름다운 타일 밑에는 레이저로 절단한 17톤 무게의 강판이 맞물려 있어, 바닥을 지지하는 토대 역할을 한다.

한곳에 모인 영국과 프랑스 오러들.

프랑스 마법부 기밀문서와 마법 깃펜.

프랑스 마법부에서 발행하는 공식 포스터들.
에펠 탑은 포트키가 아니라는 경고 포스터부터 여름 무도회와
비마법인처럼 자전거 타는 법 강습 광고까지 다양하다.

절도, 납치, 살인

"조니 뎁과 연기하는 건 또 다른 모험이었어요."
— 배우 앨리슨 수돌

절도와 납치, 살인. 인생의 난관을 만날 때 그린델왈드가 꺼내 드는 해결책은 이처럼 압도적으로 악랄하다. 그린델왈드는 애버내시에게 프랑스 마법부에 있는 레스트랭 가문의 기록물에서 상자 하나를 훔쳐오게 하고, 퀴니를 납치해 오도록 로지어를 풀어놓은 다음 그녀를 유혹해서 사악한 이념으로 끌어들이려 하며, 크레덴스에게 너무 가까이 접근한 동물 사냥꾼 그림슨을 무참히 살해해 버린다.

앨리슨 수돌은 그린델왈드를 연기한 조니 뎁의 연기를 이렇게 평한다. "저 안에 분명 사악함이 자리 잡고 있는데 말투는 아주 부드러워요. 그렇게 감정을 제어하는 게 진짜 무서워요." 그의 이런 면은 절도와 납치, 살인이라는 자신의 계획을 펼쳐 놓을 때 가장 잘 묘사된다. 조 크래비츠도 조니 뎁을 칭찬한다. "카리스마 있고 똑똑해서 누구나 믿고 싶어 하는 악당 역할에 제격인 사람이죠. 넘치는 자신감으로 좌중을 사로잡는 사람에게는 꽤나 끌리는 법이니까요." 카리스마 있는 악당에게는 추종자 집단이 필요하다. 과연 이들은 끝까지 그린델왈드에게 조종당할까? 아니면 마법과 비마법 세계 모두를 지키기 위해 그에게 맞설 수 있을까?

기록실

기록실에서 가장 눈에 띄는 부분 중 하나는 아르누보 스타일의 청동문이다. 미술 감독 샘 리크의 도안을 바탕으로 스튜어트 크레이그가 디자인한 이 문은, 찰흙으로 빚어 회반죽을 바른 다음 건설 팀으로 보내져 최종적으로 금속성 광택을 내는 페인트를 칠해 완성되었다. 아르누보 스타일답게 구불구불한 꽃무늬와 자연물 모티프가 들어갔는데, 미술 팀은 방 안에 우뚝 솟은 서가를 디자인할 때도 아르누보 스타일을 염두에 뒀다. "각본에 보면 서가가 높게 자란 나무 형태라고 쓰여 있거든요." 리크의 설명이다. 미술 팀이 나무를 닮은 서가를 붙들고 씨름하는 동안, 스턴트 팀은 또 다른 도전에 직면했다. 보조 스턴트 코디네이터인 마크 마일리는 "우리의 상상력을 제한하고 싶지 않았어요. 움직이는 서가로 어떤 액션들을 만들어 낼 수 있을지 엄청나게 많은 시간을 투자해 고민했죠"라고 고백했다. 그리고 그 결과는 매우 다양했다.

기록실에서의 캐서린 워터스턴과
에디 레드메인.

액션 장면을 리허설하는
캐서린 워터스턴과 에디 레드메인.

기록실 콘셉트 아트.

기록실에 보관된 상자.

기록실의 탑 제도 렌더링.

몰딩의 기술: 타자기와 지팡이

프랑스 마법부 장면에는 수많은 타자기가 등장한다. 다양한 재료로 소품을 복제하는 부서인 '몰딩 공장'은 이 장면을 위해 4주 만에 100대가 넘는 타자기를 만들어 내야 했다. 이 팀에서 3D 프린터로 인쇄한 주형을 통해 대량으로 찍어 낸 주물은 총 6500개로, 타자기 물량을 완성한 후에는 덤블도어의 교실을 장식하는 거대한 금속 에칭 달, 카셰 거리의 상점에 진열될 블러저 배트와 퀘이플로 넘어갔다. 물론 엄청난 수의 지팡이도 빼놓을 수 없다. 이 영화를 위해 제작한 지팡이는 50여 종이나 된다. 왜 이렇게 많이 필요했을까? 바로 캐릭터마다 여러 개의 지팡이를 사용하기 때문이다. 예를 들어 스턴트 지팡이는 구부러지는 실리콘으로 만들어진다. 배우나 스턴트맨이 달리거나 점프할 때 실수로 다른 사람을 다치지 않게 하기 위해서다. 모형 제작 감독 스티브 워더스푼의 설명을 들어 보자. "그동안 우리는 실제로는 구부러지지만 들고 뛸 때는 요동치지 않을 만큼 단단한 지팡이 제작법을 개발했어요. 원하는 부위를 부러뜨릴 수 있는 '분리형' 지팡이도 몇 개 만들었죠." 이 팀의 창작물 중에는 이른바 영웅 지팡이도 있는데, 세부 장식까지 놀랍도록 세밀하고 아름답게 제작해 클로즈업 숏에 사용하는 선명한 유선형 지팡이다.

둥근 형태의 타자기.

워더스푼은 〈해리 포터〉 시리즈의 첫 편부터 몰딩 공장을 맡은 베테랑이다. 그는 지난 18년간 지팡이 제작 공정이 획기적으로 변화했다고 말한다. "우리가 지금 쓰는 공법은 예전과 전혀 달라요. 우선 실리콘이 바뀌었고, 실리콘 몰딩도 달라졌죠. 주형제로 쓰는 우레탄까지도 완전히 바뀌었어요. 강도와 실용성을 높이려고 지팡이 안에 넣는 보강재도 다르죠. 예전에는 그냥 피아노 줄 같은 걸 넣었는데, 지금은 레이저로 절단한 걸 넣어요. …… 이런 공법은 앞으로도 계속 진화할 거예요."

천여 개의 서랍장과 산더미처럼 많은 잼 병, 파리 상점 진열창을 장식하는 디저트 들에 이르는 모든 것을 주조하기 위해, 워더스푼과 같은 모형 제작자들은 프로덕션 디자이너 스튜어트 크레이그와 소품 제작자 피에르 보해나의 예술적인 구상을 결합해 마법처럼 이들을 하나로 녹여냈다.

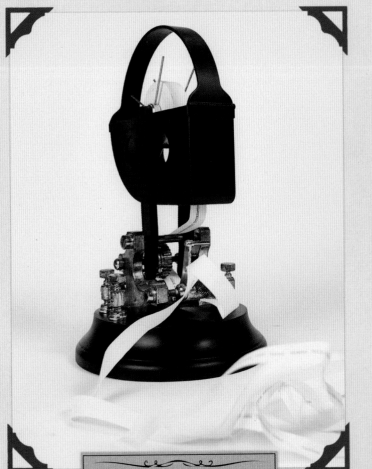

인쇄용지가 채워진 티커테이프 기계.

프로덕션 디자인
스튜어트 크레이그

미술 팀은 예산을 많이 잡아먹는 여러 항목 중 세트 건설을 총괄하는 부서다. 이 팀의 조감독 제임스 스펜서의 말을 들어 보자. "총괄 감독인 스튜어트 크레이그가 예이츠 감독과 긴밀하게 상의하며 세트를 통해 이야기를 어떻게 표현할지 계획하죠. 그가 저한테 올 때쯤에는 이미 확실한 개념이 잡혀 있어요." 각각의 세트는 감정적인 순간을 최대화하거나 강조하려는 목적으로 설계된다. 예를 들어 자신의 과거를 알고 싶은 크레덴스는 단서를 쥔 인물을 찾아 작은 다락으로 향하는 복도를 지나는데, 이 장면은 곧 위험이 닥쳐올 것만 같은 분위기를 풍긴다. 미술 팀은 복도 세트의 길이를 의도적으로 늘여 카메라가 어느 정도 거리를 여행하도록 했다. 긴장감이 쌓일 충분한 시간을 벌기 위해서다. 천장에 달린 알록달록한 천 조각은 친밀한 분위기를 전달한다. 이처럼 그 자체가 하나의 캐릭터가 되는 세트를 만들려면 자료 조사와 노련한 기술, 상상력, 영화 제작에 섬세하게 접근하는 노력 등이 필요하다.

다락방 세트를 위해 미술 팀은 먼저 1920년대 파리에서는 지붕 밑 다락을 어떻게 만들었는지 조사했다. 그리고 조사 결과를 도안으로 옮긴 다음, 공간을 꾸며 나갔다. "다락방은 실제 건축 구조를 바탕으로 두고 있어요. …… 어떤 모습으로 보여야 하는지를 파악하고 나면, 어떻게 조정해야 이를 제대로 구현해 극장 안 관객에게 효과적으로 전달할 수 있는지 알 수 있죠." 스펜서의 설명이다. 크레이그가 세트를 구상하면, 미술 팀이 그에 따른 모형을 만든다. 이렇게 만들어진 모형이 크레이그의 승인을 받으면, 예이츠 감독이 넘겨받아 자신이 원하는 액션 장면에 부합하는지 살펴본다. 모형이 최종 검열을 통과

원형 극장 3D 모델.

데이비드 예이츠 감독(맨 오른쪽)과 상의 중인 프로덕션 디자이너 스튜어트 크레이그(왼쪽에서 두 번째).

파리 길거리 3D 모델.

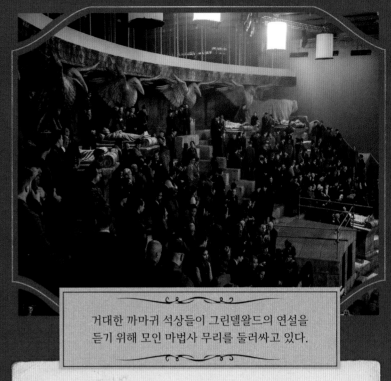

거대한 까마귀 석상들이 그린델왈드의 연설을
듣기 위해 모인 마법사 무리를 둘러싸고 있다.

하면 미술 팀은 세트 건설 팀에 전달할 설계도와 입면도를 제작한다. 세트 도면에는 창문과 현관문, 목공품에 이르는 모든 요소의 정밀한 세부 사항들이 빠짐없이 적힌다. 목수와 세트 제작자들이 건설을 시작하면 미술 팀은 진행 과정을 감독하며 채색과 미장 기술자들이 투입될 때까지 현장에서 즉각적으로 수정해 나가고, 최종적으로 세트 장식가들이 수작업으로 디자인을 입힌다. 하지만 마지막 못질이 끝났다고 해서 세트 디자인 작업이 마무리된 건 아니다.

각각의 세트 뒤에는 20~30미터가량의 거대한 배경이 설치된다. 이런 배경은 시각적 수평선을 연장해 세트에 원근감을 부여한다. (예이츠 감독은 처음부터 그린스크린 대신 옛날 방식대로 손으로 그린 배경을 사용하기로 결정했다.) 스펜서는 이렇게 감탄한다. "배경 그림이 정말 훌륭해요. 믿기 힘들 정도죠. 세트에 서서 교도소 옥상을 내다보거나 파리의 대로를 굽어보면 진짜로 그 장소에 있는 것만 같아요." 배경 화가들이 입체감을 불어넣으면, 세트 장식가들은 그 배경의 아주 작은 부분까지 실감 나게 보이도록 최선을 다해 그림을 마무리했다.

지하 원형 극장으로 이어지는 묘지 입구 외관.

파리의 아파트 내부.

다시 찾은 호그와트

"〈해리 포터〉 시리즈를 통해 알던 이야기와
역사가 이 영화를 통해 〈신비한 동물〉 시리즈로 섞여
들어오기 시작한다는 점이 정말 좋아요.
덤블도어가 등장하고, 호그와트로 돌아가죠."
— 배우 에디 레드메인

〈해리 포터〉 영화에 적어도 한 편 이상 참여한 대다수의 제작진에게 호그와트는 오랜만에 방문하는 고향 같은 곳이었다. 제작진은 이 영화의 호그와트 장면에 〈해리 포터〉 시리즈의 소품과 가구, 세트를 대거 투입했다. "덤블도어의 교실 문은 17년 전 〈해리 포터〉 영화에서 처음 사용한 것과 같은 문이에요." 미술 감독 리디아 프라이의 말이다. 호그와트 장면 촬영은 대부분 〈해리 포터〉 시리즈의 촬영지였던 라콕 수도원에서 이루어졌다. 그때와 지금의 차이는 프라이의 표현대로 "마무리 손질"에 있었다. 제작진은 옛것과 새것을 조합해 〈그린델왈드의 범죄〉만의 독특한 세계를 창조했다. "우린 여러 가지를 시도했어요. 수도원에 새로운 마루를 깔았고, 안뜰의 장식 격자 창문에는 납땜 유리로 된 판을 끼워 넣었죠. 하지만 교실 책상은 그대로 사용했어요." 프라이의 설명이다.

그리웠던 세트를 다시 보는 일도 즐겁지만, 더욱 기대되는 건 아마도 알버스 덤블도어의 등장일 것이다. 〈그린델왈드의 범죄〉에 나오는 덤블도어는 이전보다 훨씬 젊어졌다. 이번 영화에서는 그의 젊은 시절과 그린델왈드와의 복잡한 관계를 바탕으로, 팬들의 사랑을 듬뿍 받은 덤블도어 캐릭터를 새롭게 조명한다. 관객들은 그가 어떻게 진화했으며, 전설이 되기 전에는 어떤 사람이었는지 확인할 수 있다.

소개합니다
알버스 덤블도어

"덤블도어는 〈해리 포터〉와 〈신비한 동물〉의 세계를 이어 주는 가장 든든한 다리예요."
— 제작자 데이비드 헤이먼

을 읽어 준 아빠답게 덤블도어 캐릭터는 이미 잘 알고 있지만, 그 역할에 뛰어드는 일은 또 다른 문제였다. 젊은 덤블도어에 대해 알려 줄 참고 도서도 따로 없어서, 로는 데이비드 예이츠 감독과 상의하며 조금씩 캐릭터 속으로 들어갔다. 주드 로는 "아무리 동일 인물이라도 45세 때와, 음, 145살일 때가 같을 순 없잖아요"라고 말하며 다음과 같이 덧붙였다. "이때의 덤블도어는 위대한 마법사 반열에 오르기 전이에요. 아직 교장도 아니고요. 친숙한 모습도 많이 보이지만 완전히 그 모습을 갖추지는 않았죠. 그래서 작업이 더 흥미로웠어요. 저와 제작진은 우리가 아는 덤블도어와 그를 같은 세계에 있는 같은 사람으

〈그린델왈드의 범죄〉에 등장하는 알버스 퍼시벌 울프릭 브라이언 덤블도어는 〈해리 포터〉 영화의 주름진 교장보다 한참 젊은 인물이다. (이 영화는 해리 포터가 호그와트에 입학하기 60여 년 전을 배경으로 한다.) 젊은 덤블도어 역을 섭외하는 일은 하나의 도전이었다. 제작자 데이비드 헤이먼은 이렇게 말한다. "지혜로워야 했어요. 위트도 있어야 하고, 악마적인 면도 지녀야 하죠. ······ 게다가 조니 뎁이나 에디 레드메인과 일대일로 마주해도 눌리지 않을 만큼 뛰어난 신체 조건과 관능미, 성숙미를 갖춰야 했어요." 주드 로가 입장했다.

"덤블도어 역할을 맡아 달라는 전화를 받은 때를 생각하면 아직도 가슴이 벅차요. 전설적인 캐릭터일 뿐 아니라 해리 포터 팬들, 더 나아가 J.K. 롤링의 마법 세계를 사랑하는 모든 이의 사랑을 받는 캐릭터잖아요. 배우 입장에서도 강렬하고 복잡하면서 비밀스럽고 다양한 얼굴을 지닌 멋진 역할이죠." 주드 로의 설명이다. 자녀들에게 〈해리 포터〉 시리즈 전권

덤블도어를 체포하려는
트래버스.

로 만들기 위해 기본적인 토대를 세웠어요. 최대한 그 덤블도어와 가깝게 연결되도록요. 하지만 성장하고 교훈을 얻고 실수를 저지를 여지는 남겨 뒀죠."

젊은 덤블도어는 위대한 마법사가 될 장래성을 엿보이지만 개인사에서 큰 고통을 겪는다. 주드 로는 이렇게 설명한다. "그는 충격적인 경험을 많이 했어요. 여동생과 어머니가 죽고 아버지는 구속됐죠. 시대를 이끌 최고의 마법사가 될 거라고 촉망받던 학생에게 이런 끔찍한 사건들이 닥쳤다고 상상해 보세요. 아마 그때부터 감정을 차단하고 모든 일에 냉담해졌을 거예요." 덤블도어는 호그와트에서 교사 생활을 하며 위안을 얻는다. 주드 로는 "도서관이나 교수실에 틀어박혀 종일 연구에 매진하며, 열정적인 학생들과 교류하는 일에서 기쁨을 찾는 그의 모습이 상상돼요"라고 말한다.

가족의 비극으로 인한 상처가 생생한 와중에 그린델왈드와의 관계는 그에게 가장 큰 타격을 가한다. 그린델왈드가 과격한 이념을 내세우면서 친밀했던 그와의 관계가 손쓸 수 없을 만큼 악화되는 덤블도어는, 그럼에도 불구하고 다음과 같은 모습을 보여 준다. "속죄에 대한 책임과 고통에서 벗어나지 못했지만, 여전히 눈빛이 반짝이고 넉살스러우면서 기뻐할 줄 알아요. 까불거리기도 하고요. 특유의 오싹한 느낌을 주는 무법자적인 기질도 가지고 있죠." 로의 설명이다.

덤블도어는 그린델왈드와 직접 싸우는 대신 뉴트를 보낸다. 주드 로는 뉴트가 "그의 가장 강력한 말"이라고 이야기한다. "덤블도어

덤블도어의
딜루미네이터.

덤블도어와 호그와트
학생들의 비하인드 장면.

가 배후에서 조종한다고 생각할 수도 있지만 그건 아니에요. 자신과 같은 대의명분을 믿는 사람들을 찾아서 그들이 옳은 일을 할 수 있도록 바른길을 지시하는 거죠." 두 사람 사이에는 신뢰가 쌓여 있지만 덤블도어는 그런 관계를 부당하게 이용하지 않는다. "덤블도어가 뉴트의 총명함을 알아봤다고 보는 게 맞을 거예요. 그의 지극히 선량한 마음과 한결같은 도덕성도요." 주드 로는 덤블도어에게 게임을 즐기는 면모도 있음을 인정한다. "누군가에게 어떤 일을 하라고 직접적으로 말하기보다는 은근히 암시할 줄 알아요. 그럼 상대방은 스스로의 의지로 결과를 성취하니까 누군가의 지시에 의해 움직였다고 생각하지 않죠." 로는 뉴트를 뉴욕으로 떠나게 한 사람이 덤블도어라고 밝힌다. 제작자 데이비드 헤이먼은 "뉴트가 파리에 가는 것도 결국은 덤블

어린 뉴트를 가르치는
덤블도어.

도어가 벌인 일이라고 볼 수 있"다고 말한다. 크레덴스가 파리에 있다고 귀띔해 주는 사람이 바로 덤블도어기 때문이다.

J.K. 롤링보다 덤블도어를 잘 아는 사람은 이 세상에 없다. 그렇기에 그녀의 인정을 받는 건 세상을 다 얻는 것이나 마찬가지였다. 주드 로는 덤블도어 의상을 입고 처음 세트장에 발을 내디뎠을 때, J.K. 롤링이 그를 반겨 주었다고 말했다. 이미 덤블도어 캐릭터를 놓고 의견을 주고받은 사이였지만, 그 인물을 창조한 작가 앞에 선다는 건 "정말 흥분되는" 일이었다고 로는 밝힌다. "엄지손가락을 추켜올려 주는 것만으로도 흥분됐어요. 모든 게

좋아 보인다는 거잖아요. 제가 그녀를 만족시켰다는 뜻이고요."

주드 로는 자신이 덤블도어 캐릭터를 좋아하는 이유를 몇 가지 꼽았다. "아마 다른 분들과 비슷할 거예요. 온화함 속에 깃든 지혜와 어차피 일어날 일은 일어난다는 사실을 인정하고 여유 부릴 줄 아는 모습이 좋아요. 장난스럽고 활기차면서 따뜻하죠. 진정으로 인생을 겪은 사람의 고통과 경험에서 우러난 선량함과 따뜻함이에요." 이 역할을 연기하는 사람에게 주어지는 의무감도 그는 잘 알고 있다. "정말 큰 사랑을 받은 캐릭터잖아요. 사람들이 보고 싶어 하는, 넌지시 암시되는 여러 부분이 있다는 걸 알아요. 그 모든 걸 안고 가야 하는 책임을 느끼죠."

〈그린델왈드의 범죄〉는 이미 덤블도어를 사랑하는 관객에게는 더 깊은 애정을 품게 하고, 아직 그의 위대함을 모르는 사람에게는 훌륭한 소개작이 되어 줄 것이다.

호그와트 마법학교에서
사용하는 노트.

덤블도어의 의상과 지팡이

"저는 예전부터 덤블도어의 눈동자에 흐르는 총기를 좋아했어요. 그는 지혜로운 동시에 아주 비뚤어진 유머를 구사하죠. 주드 로가 섭외됐다는 소식을 듣고 정말 기뻤어요. 그런 양면성을 지닌 배우니까요." — 배우 에디 레드메인

의상 디자이너 콜린 애트우드는 덤블도어의 스타일을 완성하기 위해 그가 해리 포터 세계에서 입었던 옷을 먼저 분석하고, 거기서부터 세월을 거슬러 올라갔다. 이 영화 속의 덤블도어는 젊은 교수이며, 애트우드의 표현대로 "평범한 옷"을 입는다. "교사 복장이고, 연회색처럼 부드럽고 밝은 톤을 입어서 좀 더 편안하고 친근해 보여요." 하지만 교수답지 않게 별난 면도 있는데, 특히 수염이 그렇다. 당시로서는 찾아보기 힘든 스타일인 그의 수염은 J.K. 롤링이 각본에 분명히 명시한 부분으로, 덤블도어의 독특한 성격을 드러낸다. 그는 책벌레면서도 화려하고, 교수다우면서도 근사한 멋을 낸다. 또한 옷을 입는 스타일을 떠나서 그에게는 독특한, 가만히 서 있어도 왠지 모르게 느껴지는 기품이 있다. "자세에서 나오는 품격 같은 게 있어요. 데이비드 예이츠 감독이 그걸 일찌감치 포착해서 제 걸음걸이와 태도에 적용했죠." 주드 로의 설명이다.

언제나 멋을 뽐내는 덤블도어는 근사한 넥타이를 매고 낡은 코듀로이 롱코트를 휘날리며 미묘하게 스파이 같은 면모를 드러낸다. 마법 세계에서 지하 운동을 이끄는 인물다운 모습이다. 주드 로는 "첩보물의 요소도 어느 정도 들어가 있어요. 이 영화에서 뉴트와 덤블도어가 처음 만날 때는 그레이엄 그린의 〈제3의 사나이〉 같은 느낌이 나죠"라고 말한다. 애트우드는 덤블도어의 복장에 단정한 손수건과 앞코에 거미줄이 묻은 구두 등의 세부 사항들을 추가해 개성을 더했다.

그중에서도 그의 개성을 가장 잘 드러내는 소품은 바로 지팡이다.

비유적으로 말하자면, 그는 무슨 꿍꿍이가 있는 사람처럼 지팡이를 소매 속에 숨긴다. 이 존경받는 마법사의 지팡이는 매우 독특한 디자인을 자랑하는데, 은으로 된 지팡이 끝에 룬 문자가 새겨져 있고 손잡이는 조금 더 어두운 색상이다. 콘셉트 아티스트 몰리 솔은 이 검은색 지팡이가 "약간 울퉁불퉁하고 유기적으로" 생겼지만 전체적으로는 매끄럽다고 설명한다. 지팡이의 겉면은 평평하지만 비틀린 부분의 안쪽 면은 까칠까칠한 질감을 보인다. 우아하면서도 성실해 보이는 이 지팡이는 주인만큼이나 당당하다.

영화 속 캐릭터들은 저마다 지팡이를 휘두르는 자기만의 스타일을 가지고 있다. 덤블도어도 예외는 아니다. 주드 로는 자신의 스타일을 찾기 위해 지휘자나 화가들이 도구를 휘두르는 방식을 연구했고, 첫 편인 〈신비한 동물사전〉과 〈해리 포터〉 시리즈를 보며 다른 캐릭터들의 지팡이 사용법도 검토했다. 네불러스 주문을 발사할 때는 덤블도어만의 우아함을 표현하는 일이 핵심이었다. 지팡이는 캐릭터의 연장인 만큼, 덤블도어가 그 끝에서 안개를 뿜어낼 때 엄청난 섬세함과 매력, 약간의 장난스러움을 발휘해야만 했다.

덤블도어의 의상 스케치와 직물 견본.

어둠의 마법 방어술 교실

"여기서 차선책에 만족하는 사람은 아무도 없어요. 우리 팀 밖으로 내보내는 건
소품 하나하나 미술 팀이 상상한 만큼 아름답게 만들기 위해 필사적으로 노력하죠."
— 모형 제작 감독 테리 화이트하우스

덤블도어의 어둠의 마법
방어술 교과서.

VOLUME 5

ADVANCED
DADA
DEFENCE AGAINST
THE DARK ARTS

〈해리 포터〉 영화에 참여했던 팀원들에게, 호그와트로 돌아가는
일은 꿈같은 경험이었다. 이번에는 젊은 덤블도어와 함께였다. 미
술 감독 마틴 폴리는 "정말 환상적이고 감동적이었"다고 소감을 밝
혔다. 〈그린델왈드의 범죄〉에서 관객들은 어둠의 마법 방어술 교
실의 새로운…… 예전 모습을 볼 수 있다.

교실 세트는 들보와 서까래 등 대부분의 구조를 오크 소재로
만들어서 60년 전 모습으로 수리하느라 고생할 필요가 없었다. 프
로덕션 감독 스튜어트 크레이그에 따르면 "오크는 쉽게 낡지 않는"
목재이기 때문이다. 대신 세트 장식과 마무리 손질 등에 집중했는
데, 소품 제작 팀의 피에르 보해나는 이렇게 설명한다. "어둠의 마
법 방어술은 가르치는 교수마다 자신만의 수업 방식을 적용했어

요. 덤블도어는 늘 천문학에 관심이 많았죠. 우리는 그의 관심 분야를 말해 주는 소품들로 교실을 채웠어요. 그의 책상에 놓인 물건들은 옥스퍼드 자연사 박물관에서나 볼 수 있는 것들이에요."

해리 포터 팬들에게는 천장에 매달린 아름다운 금속 달 외에도 태양계 모형이 눈에 익을 것이다. (〈해리 포터〉 영화에서는 덤블도어의 교장실에 있었지만, 이 영화에서는 원래 위치인 그의 담당 교실에 놓여 있다.) 소품 제작 실습생 캐리 웹은 "실제로 움직여서 깜짝 놀랐어요. 아주 작은 부품들이 수없이 연결돼 돌아가요"라며 감탄했다. 피에르 보해나의 지휘 아래 제작된 4.5미터 길이 교실 안 대형 망원경은 교장이 되는 덤블도어의 미래를 암시하는 또 하나의 소품이다. 〈해리 포터〉 영화에서 이 망원경은 교장실에 자리 잡고 있다. 크레이그는 "처음 사용할 때도 만족스러웠지만, 이번에도 꽤 멋져요"라고 세트에 대해 최종적으로 평했다.

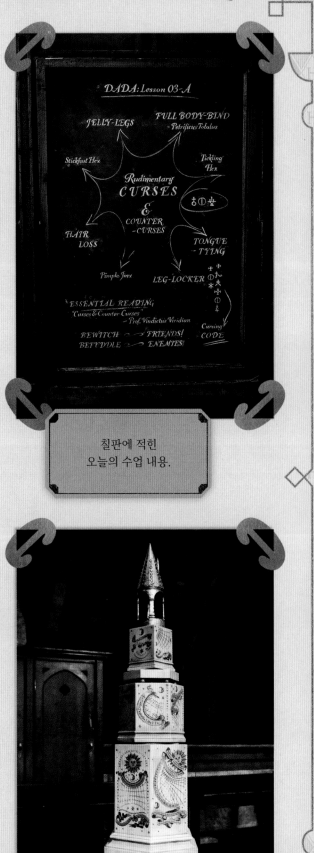

칠판에 적힌
오늘의 수업 내용.

수업을 하고 있는
덤블도어.

어린 뉴트와 리타

"뉴트와 리타의 과거와 현재 관계는 이 영화에서 큰 비중을 차지해요."
— 제작자 데이비드 헤이먼

호그와트 재학 시절의
뉴트와 리타.

리타 레스트랭이라는 이름은 역사의 짐을 안고 있다. 레스트랭 가문은 〈해리 포터〉 시리즈에서 가장 강력하고 위험한 마법사 집안이다. 호그와트 시절의 추억을 공유하는 리타와 뉴트에 대해 에디 레드메인은 이렇게 말한다. "이 영화에서 제가 가장 좋아하는 부분 중 하나는…… 리타와 뉴트가 어린 시절에 어땠고, 아웃사이더라는 공통점으로 친해졌음을 알게 되는 순간이에요." 그들은 다른 학생들과 조금 다르다는 데서 동질감을 갖는다.

어린 시절의 뉴트는 감성적이고 방어적이며, 아주 어릴 때부터 상처 입은 동물들을 돌봐 온 까닭에 친구들 대부분이 시험이나 퀴디치 시합 준비에 한창일 때에 다친 새끼 까마귀를 호그와트로 데리고 들어온다. 힘겨운 어린 시절을 보낸 리타 역시 호그와트에서 삐걱대는 시간을 보낸다.

어둠의 마법 방어술 교실에
앉아 있는 리타 레스트랭.

FLESH-EATING
TREES OF
THE WORLD

Volume I

HOGWARTS

세트 장식
애나 피녹

세트 장식가 애나 피녹이 맡은 분야는 그녀의 표현에 의하면 "설비와 비품, 가구…… 그리고 얼마간의 분위기"다. 장식 팀은 겨우 세 사람으로 이루어진 작은 부서지만, 이들이 협업하는 범위는 어마어마하다. 스튜어트 크레이그와의 긴밀한 협조 외에도 미술 감독과 소품 및 모형 제작자, 그래픽 팀, 조각가, 화가 등과 힘을 합쳐 피녹의 말대로 "세트 안의 모든 것을 정돈"한다. 피녹은 〈신비한 동물사전〉 때는 〈해리 포터〉 영화를 보지 않으려고 노력하며 뉴트 스캐맨더의 세상을 완전히 새로운 모습으로 탄생시키는 데 전념했다. 하지만 〈그린델왈드의 범죄〉에서는 겹치는 캐릭터와 참고 자료 들이 많아서 해리 포터의 세상을 오마주하는 편이 더 적절하다고 판단했다. 피녹의 팀은 무엇보다도 1920년대에 뿌리를 둔 채, 거기서부터 환상적이고 의도적인 일탈을 하려고 노력했다. "자료 조사를 통해 그 시대를 정확히 알아야 일탈도 할 수 있어요. 특히 색상 같은 부분이 그렇죠. 우린 그 시대의 색상을 고수하면서 멋진 반전을 곁들이려고 노력했어요." 피녹의 설명이다. 세트 장식에 주어진 준비 기간은 6개월이었는데, 장식 팀은 그동안 전 세계의 시장과 상점, 인터넷 쇼핑 사이트, 축제, 바자회를 돌아다니며 그 시대와 관련한 물건들을 다양하게 모았다. "파리 일대의 멋진 지역 시장 여러 군데를 돌아다녔어요. 각본을 받기도 전에 무작정 트럭을 타고 다니며 보이는 물건마다 사고 또 샀죠." 영화에 등장하는 마법 물품 중에 돈을 들여 장만하지 못한 물건은 미술 팀의 소품 제작자와 조각가 들의 손끝에서 세상에 단 하나밖에 없는 물건으로 탄생했다.

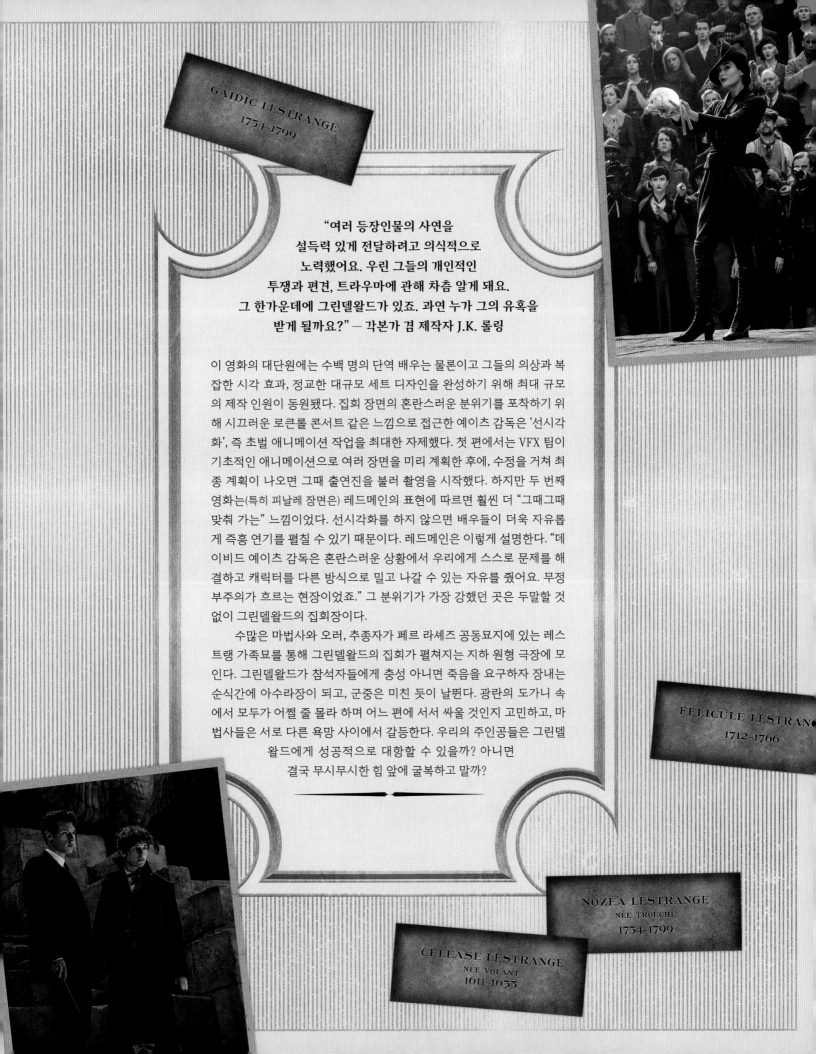

GAIDIC LESTRANGE
1754-1799

"여러 등장인물의 사연을
설득력 있게 전달하려고 의식적으로
노력했어요. 우린 그들의 개인적인
투쟁과 편견, 트라우마에 관해 차츰 알게 돼요.
그 한가운데에 그린델왈드가 있죠. 과연 누가 그의 유혹을
받게 될까요?"— 각본가 겸 제작자 J.K. 롤링

이 영화의 대단원에는 수백 명의 단역 배우는 물론이고 그들의 의상과 복잡한 시각 효과, 정교한 대규모 세트 디자인을 완성하기 위해 최대 규모의 제작 인원이 동원됐다. 집회 장면의 혼란스러운 분위기를 포착하기 위해 시끄러운 로큰롤 콘서트 같은 느낌으로 접근한 예이츠 감독은 '선시각화', 즉 초벌 애니메이션 작업을 최대한 자제했다. 첫 편에서는 VFX 팀이 기초적인 애니메이션으로 여러 장면을 미리 계획한 후에, 수정을 거쳐 최종 계획이 나오면 그때 출연진을 불러 촬영을 시작했다. 하지만 두 번째 영화는(특히 피날레 장면은) 레드메인의 표현에 따르면 훨씬 더 "그때그때 맞춰 가는" 느낌이었다. 선시각화를 하지 않으면 배우들이 더욱 자유롭게 즉흥 연기를 펼칠 수 있기 때문이다. 레드메인은 이렇게 설명한다. "데이비드 예이츠 감독은 혼란스러운 상황에서 우리에게 스스로 문제를 해결하고 캐릭터를 다른 방식으로 밀고 나갈 수 있는 자유를 줬어요. 무정부주의가 흐르는 현장이었죠." 그 분위기가 가장 강했던 곳은 두말할 것 없이 그린델왈드의 집회장이다.

수많은 마법사와 오러, 추종자가 페르 라셰즈 공동묘지에 있는 레스트랭 가족묘를 통해 그린델왈드의 집회가 펼쳐지는 지하 원형 극장에 모인다. 그린델왈드가 참석자들에게 충성 아니면 죽음을 요구하자 장내는 순식간에 아수라장이 되고, 군중은 미친 듯이 날뛴다. 광란의 도가니 속에서 모두가 어쩔 줄 몰라 하며 어느 편에 서서 싸울 것인지 고민하고, 마법사들은 서로 다른 욕망 사이에서 갈등한다. 우리의 주인공들은 그린델왈드에게 성공적으로 대항할 수 있을까? 아니면 결국 무시무시한 힘 앞에 굴복하고 말까?

FÉLICULE LESTRANGE
1712-1766

NOZÉA LESTRANGE
NÉE TROUCHE
1754-1799

CÉLEASE LESTRANGE
NÉE VOLANT
1611-1635

레스트랭 가족묘와
원형 극장

"시각 효과는 영화에 더 넓은 맥락과 규모를 선사하죠."
― 프로덕션 디자이너 스튜어트 크레이그

우리의 주인공들이 최후의 결전을 위해 한자리에 모인다. 장소는 페르 라셰즈 공동묘지에 위치한 레스트랭 가족묘다. 페르 라셰즈는 파리에서 가장 큰 동시에 가장 아름다운 공동묘지이기도 하다. 언덕 위에 자리 잡은 이곳은 마치 둥근 정원처럼 한 점을 중심으로 퍼져 나가듯 배열돼 있다. 비록 전부 무덤이지만 말이다. 지하에 숨어 있는 마법 세계의 현주소를 상징하듯 공동묘지의 원형 구조는 땅 밑의 원형 극장과 닮아 있다.

4000명을 수용할 수 있는 원형 극장으로 들어가는 입구는 순혈 마법사 집안의 관이 보관된 레스트랭 가문 지하 묘실이다. 그 안을 장식한 묘비들은 조각가들이 직접 제작했으며, 석관에는 가문의 문장을 새겼다.

판테온 신전과 비슷한 원형 극장의 지붕은 3미터 높이 까마귀 조각상이 떠받치고 있다. 까마귀는 레스트랭 가문의 상징이다. 가장 규모가 큰 세트인 만큼 리브스덴 스튜디오에서 가장 넓은 스

ERMESSENDE LESTI
1679-1685

EUPHRAILDE LESTI
1692-1755

FELICULE LESTI
1712-1760

FORTUNADE LES
1721-177

테이지 중 한 곳에 세워졌다. 프로덕션 디자이너 스튜어트 크레이그는 "건설 연대는 모호하지만 고대 로마 양식 같은 고전미"를 갖춘 세트라고 평한다. 원래도 커다란 세트지만 CGI의 도움을 받아 더욱 장대한 느낌을 낸다. 대단원의 막이 오르고, 선과 악의 치열한 전투 못지않은 시각 효과의 승리가 눈앞에 펼쳐진다.

레스트랭 가문의 조상을 모신 지하 묘실.

CORVUS
LESTRANGE

NÉ LE 28 MAI
1729

DÉCÉDÉ
LE 13 SEPTEMBRE
1768

CORVUS
OCULUM CORVI
NON ERUIT

레스트랭 가계도

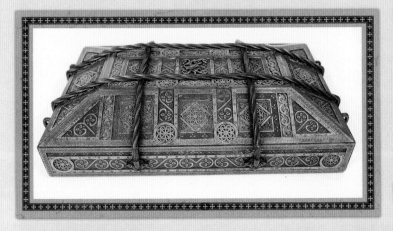

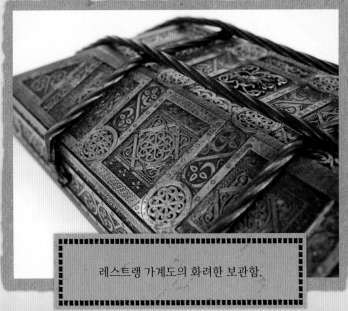

레스트랭 가계도의 화려한 보관함.

레스트랭 가문의 가계도.

쏟아지는 마법 주문들!

"이런 영화를 작업하는 즐거움 중 하나는 마법 주문과 폭발, 액션 등
온갖 종류의 시각 효과를 다 써 볼 수 있다는 거죠." – VFX 제작 관리자 리치 윌슨

〈그린델왈드의 범죄〉 제작진은 마법 주문 장면을 제대로 준비했다. 배우들을 일종의 사전 제작 훈련소인 지팡이 학교에 보내 기술과 마음가짐, 잡는 법과 조종법을 가르친 것이다. (사실 '학교'라기보다는 하루짜리 수업이어서 그리 과도한 조처는 아니었다.) 캐릭터마다 지팡이를 다루는 방식이 다른데, 칼럼 터너는 다음과 같이 조언한다. "(지팡이는) 채찍처럼 사용해야 해요. 팔 끝으로 힘을 흘리면 움직임이 한결 수월해지죠."

마법 주문을 준비하는 리타 레스트랭.

팬들에게 친숙한 주문과 새로운 것 들이 포함된
이 영화의 주요 마법 주문들은 다음과 같다.

아씨오: 목표물을 소환함.
어파레 베스티지움: 발자국과 흔적을 보여 줌.
아벤세지움: 목표물을 추적 장치로 변환시킴.
엑스펠리아르무스: 상대방의 지팡이를 무장 해제시킴.
루모스: 빛을 밝힘.
네불러스: 안개를 피움.
오스카우시: 상대의 입을 막음.
프로테고 디아볼리카: 불의 고리로 방어막을 만듦.
레파로: 망가진 물건을 재조립하거나 수리함.
서지토: 마법을 제거함.
벤투스: 사람을 허리케인 안에 가둠.

지팡이의 본질

"막대기치고는 아주 복잡한 녀석이죠."
— 소품 제작자 피에르 보해나

미술 팀은 각 캐릭터의 지팡이를 만들기 위해 흥미로운 자료들을 수 없이 참고했다. 17세기의 수저 세트 손잡이나, 섬세하게 조각된 뼈로 손잡이를 만든 수백 년 전의 말채찍 등이었다. (니콜라스 플라멜의 지팡이가 바로 이 채찍에서 영감을 받아 제작되었다.) 디자인 과정에서 비율이나 색상 등이 수정되기도 하지만, 지팡이의 최종 결과물에는 다른 소품에서 찾아볼 수 없는 핵심적인 특징이 있다. 바로 캐릭터의 개성이다. 콘셉트 아티스트 몰리 솔은 그 시대에 살던 (가상의) 지팡이 제작자라면 어떤 식으로 접근했을지 상상하면서, 자신만의 예술적 해석으로 영화에 필요한 새로운 지팡이들을 만들어 냈다. "해리 포터 시대에 다이애건 앨리의 개릭 올리밴더가 만드는 지팡이와는 차이가 있을 게 분명했죠." 솔의 설명이다.

〈신비한 동물〉 시리즈의 지팡이는 그 시대의 디자인 양식에 맞춰 화려하게 장식되었다. 일부는 정교한 무늬를 새겨 넣었고, 그 밖의 지팡이들도 뼈나 돌로 장식했으며, 플라멜의 경우는 용의 발톱이 사용되었다. 여성적인 디자인을 선보이는 리타 레스트랭의 지팡이는 그러나 "약간의 날카로움도" 가지고 있다고 솔은 말한다. "아주 세련돼 보이지만 동시에 위험한 기운도 풍기죠. 근원적인 어둠을 간직한 지팡이예요." 배우들이 자신의 캐릭터에 어떤 지팡이가 어울릴지 의견을 내기도 했다. 예를 들어 뉴트의 지팡이 손잡이는 조개껍데기로 이루어져 있는데, 뉴트라면 이렇게 사적인 소유물에 동물 재료를 쓰는 데 민감할 것 같다는 에디 레드메인의 생각이 반영되었다.

각 캐릭터에게 지팡이는 아주 개인적인 소지품이다. 소품 제작자 피에르 보해나도 지팡이는 단순한 패션 소품이 아니라고 말한다. "지팡이는 그 사람의 스타일이나 사상의 핵심을 보여 줘요. 개인에게 아주 의미 깊은 손목시계나 보석처럼요. 아주 사적인 물건이죠. …… 사실 지금껏 만든 소품 중 무엇 하나도 근본적으로 아주 단순한 생각이나 디자인 원칙을 가지고 있던 건 없다고 생각하지만요." 아무리 간단하고 자연스러워 보여도 지팡이는 그 자체로 무게가 있다. 문자 그대로 무게가 꽤 나간다. 보해나가 말을 이었다. "여러분에게 지팡이가 생긴다면 어떤 느낌인지, 손에는 잘 맞는지 먼저 시험해 보겠죠. 제일 중요한 건 당연히 동작인데, 앞으로 뻗는 동작이 대부분이니까 균형과 무게 중심, 편안함 등을 고려해야 해요." 또한 지팡이 제작자의 가장 중요한 두 자질은 "열정과 인내"라는 말도 빼놓지 않는다.

이렇게 제작된 지팡이가 전달되면 배우들은 이를 바탕으로 캐릭터를 발전시킨다. "다들 조금씩 다른 방식으로 지팡이를 휘둘러요. 누군가를 두드려 팰 듯이 사용하는 사람도 있고, 좀 더 미묘하게 움직이는 사람도 있죠." 보해나의 설명이다.

앨리슨 수돌은 이렇게 말한다. "지팡이로 마법을 부릴 때 가장 중요한 건 의도예요. 닥치는 대로 흔들지 말고, 내가 지금 뭘 하는지 생각해야 하죠." 다른 도구도 마찬가지지만 역시 중요한 건 지팡이 자체가 아니라 그것을 사용하는 마법사다.

티나, 뉴트, 플라멜의 지팡이.

그린델왈드의 집회

"그린델왈드는 비유적으로 말하자면 모두를 땅속에서 끄집어내려 해요. 그래서 원형 극장을
공동묘지 아래에 지으면 좋은 무대가 되겠다고 생각했죠." — 미술 감독 마틴 폴리

집회를 주재하는 그린델왈드.

원형 극장에 들어선 티나와 뉴트.

쇼맨 기질이 다분한 그린델왈드는 페르 라셰즈 공동묘지의 레스트
랭 가족묘 아래에 있는 원형 극장에서 대규모 집회를 기획한다. 그리
고 자신의 추종자가 아니라도 한번 와서 이야기를 들어 달라며 모든
마법사를 초대한다. 마법 세계가 온통 그린델왈드의 휘장으로 장식
되는 풍경은 역사적인 파시스트 봉기가 연상되도록 의도적으로 연
출되었다. 그린델왈드는 마법 세계를 은둔에서 벗어나게 할 자신의
여정을 지지할 세력을 구한다. 제작자 데이비드 헤이먼은 이렇게 묻
는다. "비마법인을 경멸하는 그린델왈드 같은 사람이 권력을 가지면
어떤 일이 벌어질까요? 이 세상은 어떻게 변할까요? 저는 결국 두 세
력 사이에 다툼이 일어날 거라고 생각해요. 자유를 위해 싸우는 이들
과 그린델왈드 같은 원리주의자들의 전쟁이죠."

그린델왈드의 연설에 반응하는 마법사들.

뉴트와 제이콥과 티나는 집회장으로 향하고, 크레덴스와 플라멜, 테세우스, 리타도 각각 원형 극장에 나타난다. 그린델왈드가 무슨 말을 할지 궁금한 다른 마법사들도 순간 이동을 통해 모여든다. 그린델왈드의 주문에 걸려 그의 신도들 사이에 자리한 퀴니는 자신과 함께하자며 제이콥에게 간청한다. 배우 캐서린 워터스턴은 이렇게 말한다. "조가 여기서 다루는 주제는 정말 놀라워요. 두려움을 이용해 군중을 조종하는 사람이 얼마나 위험한지 보여 주죠. 우리 세상에서도 자주 목격되는 모습이잖아요. 살다 보면 위협적인 일들이 일어나고, 우린 그것들에 대처하면서 의연하게 나아가려 하죠. 남의 두려움을 조종하는 데 타고난 재능을 지닌 사람들이 나타났을 때 어떤 일이 벌어질 수 있는지는 우리 모두 잘 알잖아요. 잔인한 전쟁이 일어나고, 돌이킬 수 없는 피해가 발생하죠."

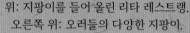

위: 지팡이를 들어 올린 리타 레스트랭.
오른쪽 위: 오러들의 다양한 지팡이.

집회 장면은 워낙 규모가 커서 촬영 기간만 3주가 걸리고, 500여 명의 단역 배우가 투입되었다. 엄청난 인원과 카메라 작업을 통제하기 위해 실물 크기 원형 극장이 리브스덴 스튜디오에 세워졌다. 데이비드 예이츠 감독은 활기차고 유동적인 분위기를 위해 이 장면을 "록 콘서트로 생각했다"고 고백한다. 록 콘서트에서처럼 집회장 여기저기서도 불꽃이 터져 나오는데, 윌리엄 나디람의 말처럼 "조용하게 시작했던 이야기가 끝에 가서는 세상을 뒤흔들게" 된다.

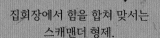

집회장에서 힘을 합쳐 맞서는
스캐맨더 형제.

"이 영화는 여러 사람의 상상력이 합쳐진 결과예요. 그래서 이토록 특별하죠." — 배우 에디 레드메인

"영화를 만드는 일은 그 자체로 하나의 연금술"이라고 에디 레드메인은 말한다. 〈신비한 동물들과 그린델왈드의 범죄〉 촬영장만큼 이러한 정서가 분명하게 드러나는 곳은 없다. 레드메인은 "처음에는 조가 던져 준 작은 덩어리에 불과했지만, 거기에 세트 디자이너 스튜어트 (크레이그)와 의상 디자이너 콜린 애트우드 등 수많은 사람이 상상력을 더했고, 시각 효과와 동물 디자인 같은 복잡한 작업까지 입혀졌죠. 모든 부서가 서로로 격려하며 각자의 상상력을 1000퍼센트까지 끌어올리고 있어요. 이 영화는 그 모든 것이 합쳐진 결과물이에요"라고 말을 이었다. 영화도 연금술처럼 적절한 조건이 갖춰지고 모든 재료가 조화를 이뤄야만 성공할 수 있다. 책임 프로듀서 팀 루이스는 이렇게 말한다. "첫 편인 〈신비한 동물사전〉에 참여했던 팀원 대부분이 이 작품으로 돌아오고 싶어 했어요." 제작진은 각자의 임무에 깊게 빠져들어 영화를 향한 열정을 불태우자는 가치관을 공유했다. 의상 디자이너 콜린 애트우드도 이러한 생각을 내비쳤다. "우리가 매일 하는 일과 가족, 주변 사람, 직업이 곧 우리의 삶이잖아요."

J.K. 롤링은 세트장을 방문할 때면 여러 부서를 돌아다니며 익숙한 팀원과 새로운 얼굴 들을 반기는 동시에 의상과 소품, 세트 진행 상황을 확인했다. J.K 롤링은 콘셉트 아티스트 몰리 솔을 만났을 때 이렇게 말했다. "당신의 일을 사랑한다고 말해 주세요." 솔은 그때 "저는 제 일을 사랑해요"라고 말하며 정말로 행복했다고 고백한다. 그동안의 작업 경험을 가장 제대로 요약한 이는 아마도 주드 로일 것이다. "저는 수년간 여러 영화 작업에 참여한 행운아지만, 이 영화들에는 분명 특별한 무언가가 있어요. 사람들에게 영향을 미치는 무언가죠. 그걸 표현할 단어는 하나뿐이에요. 바로 마법이죠."

프랑스 마법부 세트의
출연진과 제작진.

뉴트의 동물 병원
세트에서의 제작진.

시그네 버그스트롬은 워너 브라더스 팀의 빅토리아
셀러버, 질 벤스코터, 케이티 칸, 케이티 매카이,
블레어 파트너십의 내털리 래버릭, 하퍼 콜린스의
마르타 스쿨러, 크리스티나 가르세스, 린 이먼스, 도리
칼슨, 수전 코스코, 크리스 스미스에게 감사를 전한다.
그리고 미나리마의 여러분, 특히 미라포라 미나와
에두아르도 리마에게 감사드린다.

미라포라 미나와 에두아르도 리마는 놀라운 실력을
지닌 그래픽 마법사 로렌 웨이크필드와 시릴 차로,
베스 켄드릭, 케이드 페더스톤, 프랭키 웨이크필드, 젬
워드, 케이트 크롬웰, 이나 투레손에게 감사를 표한다.
그리고 이 책을 지휘해 준 프로펠라 우드워드 젠틀과
루시 베겐트에게 특별한 감사의 마음을 전한다.

하퍼 콜린스는 주드 로, 데이비드 헤이먼, J.K. 롤링,
빅토리아 셀러버, 멜라니 스위츠, 질 벤스코터, 케이티
칸, 케이티 매카이, 내털리 래버릭을 비롯해 〈신비한
동물들과 그린델왈드의 범죄〉 제작에 관여한 모든
분께 감사드린다.

신비한 마법의 기록
〈신비한 동물들과 그린델왈드의 범죄〉 영화 속 숨은 이야기들

초판 1쇄 발행 2018년 11월 30일

지은이 | 시그네 버그스트롬
옮긴이 | 최지원
발행인 | 강봉자, 김은경

펴낸곳 | (주)문학수첩
주소 | 경기도 파주시 회동길 192(문발동 513-10) 출판문화단지
전화 | 031-955-4445(마케팅부), 4500(편집부)
팩스 | 031-955-4455
등록 | 1991년 11월 27일 제16-482호

홈페이지 | www.moonhak.co.kr
블로그 | blog.naver.com/moonhak91
이메일 | moonhak@moonhak.co.kr

ISBN 978-89-8392-706-4 03840

「이 도서의 국립중앙도서관 출판예정도서목록(CIP)은
서지정보유통지원시스템 홈페이지(http://seoji.nl.go.kr)와
국가자료공동목록시스템(http://www.nl.go.kr/kolisnet)에서
이용하실 수 있습니다.(CIP제어번호: CIP2018019535)」

*파본은 구매처에서 바꾸어 드립니다.

Printed in China